Königs Erläuterungen und Materialien
Band 108

Erläuterungen zu

George Orwell

Neunzehnhundertvierundachtzig

Nineteen Eighty-Four

von Hans Ulrich Lindken

C. Bange Verlag – Hollfeld

Herausgegeben von Klaus Bahners, Dr. Gerd Eversberg
und Reiner Poppe

5. erweiterte Auflage 1989
ISBN 3-8044-0210-0

Druck: Beyer-Druck, Langgasse 23, Hollfeld

Inhalt

Einleitung

Vierhundertdreiunddreißig Jahre nach dem Erscheinen des großen Staatsromans „Utopia" seines Landsmannes Thomas Morus legt George Orwell seine bittere und nachdenklich stimmende Anti-Utopie „Nineteen Eighty-Four" vor. Der Renaissancedichter und -staatstheoretiker verlagert die Handlung in optimistischer Überschätzung der menschlichen Möglichkeiten ins Idealische; sein Inselstaatswesen realisiert sich im Mythischen unter Morus' geheimer Hoffnung, daß es sich in ferner Zukunft einmal in irdische Wirklichkeit übertragen lasse. Orwell dagegen bleibt viel bescheidener, d.h. pessimistischer, – auch auf einer Insel – in England. Beide wenden sich ab von den beklagenswerten Staatswesen ihrer Zeit; der ältere, von christlicher Heilslehre und Toleranzideen inspiriert, projiziert ein Wunsch- und Sehnsuchtsbild eines idealen Staatswesens in die Zukunft; Orwell hingegen, in Furcht und mit erheblichem Grauen vor dem, was Menschen in jeder Hinsicht möglich ist, und unter dem Erleben zweier Weltkriege sowie der bolschewistischen und faschistischen Revolutionen in Europa, projiziert vielmehr Wirklichkeitserfahrungen, und zwar auf eine kurze Zeitspanne. Der um 1948 konzipierte Roman kehrt die beiden letzten Komponenten der Jahreszahl um, so daß die visionäre Projektion einen Zeitraum von 36 Jahren umfaßt.

Daß Orwell auch England – und sogar als Schauplatz der Handlung – in seine makabre Staatsvision einbezieht, ist ihm oft zum Vorwurf gemacht worden, da man davon ausging, daß eine kollektivistische Oligarchie im Sinne des Dichters für dieses Land undenkbar sei. Unter den Vorgängen in Nordirland und manchen terroristischen Vorgängen in England ist man geneigt, größere Skepsis walten zu lassen.

Wenngleich Orwell seine Anti-Utopie des Schreckens und Terrors über eine bescheidene Zeitspanne in die Zukunft projiziert, so gibt es doch innerhalb des Romans eine latente Art von Utopie. Diese freilich ist rückwärts gewandt. Winston Smith (eine ironische Anspielung auf Englands Kriegspremier Winston Churchill, dessen Vorname in Kombination mit dem Allerweltsnamen Schmidt) sucht verzweifelt nach Bruchstücken einer besseren Vergangenheit und nach einem Refugium des Natürlichen, das er lediglich im Bereich der Proleten zu finden hofft. Eine ironische Perversion liegt in der Tatsache, daß Winston Smith und Julia ausgerechnet in einem Antiquitätenladen Zuflucht und Schutz gefunden zu haben glauben, in einer Umgebung, die sie mit Dingen aus der Vergangenheit umstellt; gerade aber diese Zuflucht erweist sich als Falle. Geschichte und Vergangenheit gewinnen auf diese Weise einen utopischen Wunschcharakter und möglicherweise eine Verklärung, die ihnen nun auch schon fast wieder den Anstrich des Irrealen gibt. Orwells misanthropischer Skeptizismus bekundet sich letzten Endes am radikalsten im Verlust der Vergangenheit, die der brutalen und systematischen Zerstörung des herrschenden Regimes zum Opfer gefallen ist, wie in der völligen Verneinung der Zukunft. Einem solchen O'Brien-Staat kann im Grunde nichts mehr geschehen, das Beste wäre noch sein Untergang, aber nirgends mehr finden sich positive Kräfte, die das Regiment des totalen Unwertes, das keineswegs etwa die Dimensionen des Satanischen oder Höllischen erreicht, vernichten könnten. Es gibt nur noch die Aussicht auf ein unendliches Hindämmern der Welt in solch kulturlosem Zustand. Es ist nicht eine Herrschaft einer Elite und auch nicht die Herrschaft des Proletariats, sondern die Herrschaft des fatalen genormten Mittelmaßes, das weder die Fähigkeit zu individuellen Hochleistungen noch zu Charakterstärke aufbringt, dem aber auch die Gewalt zum Dämonisch-Bösen fehlt, wie Shakespeare sie im „Macbeth" beschwört.

Orwells desastrose Geschichtsauffassung beruht auf seiner Anthropologie. Wenngleich wir heutzutage um 1984 herum konstatieren, daß die Prophetien Orwells sich nicht verwirklicht haben und somit eigentlich Literatur geblieben sind (obgleich einiges durchaus Wirklichkeitscharakter angenommen hat: Zerfall der Welt in zwei große Machtblöcke, die untereinander gewisse Absprachen über Lokalkriege und Herrschaftsprivilegien tätigen; Geschichtsfälschungen, Verdrehung historischer Tatsachen, Auslöschen der Vergangenheit mittels psychiatrischer Folter und unter Drogeneinfluß etc.), ist der Roman „1984" aktuell geblieben. Der eigentliche Grund, Orwell ernstzunehmen, liegt darin, sein desastroses Menschenbild an unserer politischen und individuellen Wirklichkeit zu überprüfen.

I. George Orwell

Lebensdaten:

1903, 23.I.:	Eric Arthur Blair (Schriftstellername: George Orwell) geboren in Motihari (Bengalen/Indien). Vater: niederer Zivilbeamter bei der Zoll- und Steuerbehörde. 2 Schwestern. Erziehung in England.
1911	Preparatory School, an der engl. Südküste. (Crossgates).
1917	Eton (Public School).
1922	Burma. Offizier der „Indian Imperial Police".
1927	Rückkehr nach England nach Niederlegung seines Amtes aus Protest gegen den englischen Imperialismus.
1927-1933	Hunger- und Elendsjahre als Landstreicher und in Gelegenheitsjobs als Tellerwäscher, Privat- und Nachhilfelehrer, Aushilfslehrer in billigen Privatschulen, Hilfs- und Teilzeitkraft in einem Londoner Buchladen, Teilzeitjournalist.
ab 1933	Erste Bucherfolge.
ab 1935	Leben als freier Schriftsteller
1936	Übernahme eines Dorfladens in Essex. Heirat mit Eileen O'Shaughnessy. Orwell vertritt um diese Zeit sozialistische Tendenzen, ohne sich parteipolitisch zu binden. Orwell verfasst ein Buch über die Arbeitslosigkeit in Nordengland. Nach Ausbruch des Bürgerkrieges in Spanien meldet er sich als Freiwilliger. Er kämpft auf der Seite der Republikaner gegen die Faschisten unter Franco. Er gehört der P.O.U.M. Miliz an (Partido Obrerode Unification Marxistes).
1937	(Mai) Schwere Verwundung (Halsdurchschuß) im span. Bürgerkrieg, Flucht nach Frankreich und Rückkehr nach England. Ab Spätsommer Leben auf einem kleinen Bauernhof in Hertfordshire (Gemüsebau, Gärtnerei und Gelegenheitsschriftstellerei).

1938	Ein Lungenleiden erfordert eine Reise nach Marokko
1939	Nach Ausbruch des Weltkrieges meldet sich Orwell zur „Home Guard".
1939-1945	verschiedene Tätigkeiten u.a. als Redakteur bei der linksorientierten Zeitschrift „Tribune", Mitarbeiter der BBC (British Broadcasting Corporation). Essayistische, journalistische und schriftstellerische Tätigkeit. Gegen Ende des Krieges als Korrespondent des „Observer" in Frankreich, Deutschland und Österreich.
1943-44	Arbeit an „Animal Farm"
1945	Veröffentlichung von „Animal Farm"
1949	Veröffentlichung von „Nineteen Eighty-Four".
1950, 21.I.:	Orwell stirbt an Tuberkulose.

Poetische Werke:

Burmese Days *1934*
A Clergyman's Daughter *1935*
Keep the Aspidistra Flying *1936*
Coming up for Air *1939* (Das verschüttete Leben)
Animal Farm *1945*
Nineteen Eighty-Four *1949*

Essays, Aufsätze, Artikel:

Down and Out in Paris and London *1933*
The Road to Wigan Pier *1937*
Homage to Catalonia *1938* (Mein Katalonien)
Inside the Whale *1940*
The Lion.and the Unicorn *1941*
Critical Essays *1946*
The English People *1947*
Shooting an Elephant *1950*
England Your England *1952*

II. Über George Orwells Roman „1984" mit Charakteristiken der Gestalten „Winston Smith, Julia und O'Brien"

Die Welt ist in drei große Supermächte eingeteilt: Ozeanien, Eurasien und Ostasien. Die Strukturen und Regierungsformen der drei Supermächte sind im wesentlichen gleich. Alle drei werden durch ein System des oligarchischen Kollektivismus beherrscht, durch eine Partei, die alles Privateigentum abgeschafft hat und alle Gewalt über ihre Untertanen in die Hand genommen hat. Den Herrschern der drei Supermächte ist es gleichgültig, wer das unbewohnte Land zwischen den Machtblöcken beherrscht, denn alle drei Mächte sind wirtschaftlich unabhängig und weit davon entfernt, den Lebensstandard ihrer Untertanen durch Erschließung neuer Rohstoffquellen zu heben; es ist vielmehr ihre Absicht, die Lebenshaltung so niedrig wie möglich zu halten. Sie verewigen den Mangel vorsätzlich, denn eine Welt des Mangels ist erforderlich, um ihre Macht zu erhalten. Zwischen den Supermächten herrscht ein nie endender Krieg, die Bündnisse der Mächte gegeneinander wechseln dauernd und es besteht keinerlei Absicht, daß eine Macht jemals besiegt werden solle. Wie ihre Herrscher genau wissen, stützen sich die drei Supermächte, trotz des Kriegszustandes, so wie die Korngarben sich gegenseitig vor dem Sturz stützen. Jede Macht anerkennt für sich den dauernden Fortgang des Krieges wie das Überleben des Gegners. Der Krieg wird fortgeführt, nicht um einen Sieg zu erringen, sondern als Argument für die dauernde Warenverknappung.

Um diesem System Dauer zu verleihen, verlangt jede der drei Mächte von ihren Untertanen völlige Selbstbescheidung. Kein Bewohner eines Staates darf die Sprache eines anderen Staates lernen, geschweige denn diesen Staat besuchen. Kein Bewohner eines Staates bekommt jemals den Bewohner eines anderen Staates zu Gesicht, es sei denn, daß von Zeit zu Zeit eine Gruppe Gefangener durch die Straßen gehetzt wird, um öffentlich gehenkt zu werden.

Die Ereignisse des Romans vollziehen sich in London, der Hauptstadt des Luftstützpunktes I, so wird England in diesem Roman genannt. England wird nach den Grundsätzen des ‚Ingsoc' (English Socialism) beherrscht.

Man nimmt zur Kenntnis, daß absolut gleiche Umstände in allen Städten der Welt herrschen, in welchem Staat auch immer sie liegen mögen. Ozeanien, dem der Luftstützpunkt I als Provinz zugeordnet ist, wird durch eine mysteriöse Figur unter dem Decknamen „Großer Bruder" beherrscht. Obgleich „Big Brother's" Bild fortwährend auf den Bildschirmen erscheint, hat ihn niemals jemand leibhaftig gesehen; bis zum Ende des Romans bleibt es ungewiß, ob er überhaupt existiert oder existiert hat.

Alle seine politischen Maßnahmen sollen von einem bösartigen Gegner namens ‚Goldstein' befehdet werden, obgleich ähnlich ungewiß ist, ob Goldstein existiert oder existiert hat. In Wahrheit wird alle Macht von einer Partei ausgeübt – insbesondere von den Mitgliedern der ‚Inneren Partei'. Die große Masse der Bevölkerung besteht aus den ‚Proleten', denen man gestattet, unter kümmerlichen Umständen ihr Leben in dem heruntergekommenen London zu fristen. Auf Kosten jeglicher geistiger Betätigung gestattet man ihnen ein geringes Maß an primitiver Freiheit. Der ‚Inneren Partei' ist es gleichgültig, was die Proleten sagen und denken, da diese ohnehin keinen Einfluß auf den Gang der Geschehnisse haben. Sie füttern diese lediglich mit einer Art billiger Pseudokultur, die man ‚Proletenfutter' nennt, um sie ruhig zu halten. Zwischen der ‚Inneren Partei' und den ‚Proleten' stehen die Mitglieder der ‚Äußeren Partei', die als Hilfskräfte des Staates dienen. Dieser Personenkreis, dem ebenfalls jeglicher Einfluß auf die Machtausübung versagt ist, wird gezwungen, sich einer erbarmungslosen Kontrolle aller Gedanken und Taten zu unterwerfen.

Macht, wie O'Brien, der Führer der ‚Inneren Partei' in der Folterszene am Ende des Romans erklärt, ist das Ziel der Politik. Der Vorwand aller Tyranneien der Vergangenheit, daß Machtbesitz zum Wohle des Staates oder zum Segen der Untertanen sei, besteht hier nirgendwo. Macht wird um ihrer selbst willen erstrebt und ausgeübt, sie ist zum Selbstzweck geworden:

„Die Partei strebt die Macht lediglich in ihrem eigenen Interesse an. Uns ist nichts am Wohl anderer gelegen; uns interessiert einzig und allein die Macht als solche. Nicht Reichtum oder Luxus oder langes Leben oder Glück: nur Macht, reine Macht. Was reine Macht besagen will, werden Sie gleich verstehen. Wir sind darin von allen Oligarchien der Vergangenheit verschieden, daß wir wissen, was wir tun. Alle anderen, sogar die, welche uns ähnelten, waren feige und scheinheilig. Die deutschen Nazis und die russischen Kommunisten kamen in ihren Methoden sehr nahe an uns heran, aber sie besaßen nie den Mut, ihre eigenen Beweggründe zuzugeben. Sie taten so, ja glaubten vielleicht sogar, die Macht ohne ihr Wollen und auf beschränkte Zeit ergriffen zu haben, und gleich um die Ecke liege ein Paradies, in dem die Menschen frei und gleich sein würden. Wir sind nicht so. Wir wissen, daß nie jemand die Macht ergreift in der Absicht, sie wieder abzutreten. Die Macht ist kein Mittel, sie ist ein Endzweck. Eine Diktatur wird nicht eingesetzt, um eine Revolution zu sichern: sondern man macht eine Revolution, um eine Diktatur einzusetzen. Der Zweck der Verfolgung ist die Verfolgung. Der Zweck der Folter ist die Folter. Der Zweck der Macht ist die Macht......

Die Macht besteht darin, Schmerz und Demütigungen zufügen zu können. Macht heißt, einen menschlichen Geist in Stücke zu reißen und ihn nach eigenem Gutdünken wieder in neuer Form zusammenzusetzen. Fangen Sie nun an zu sehen, was für eine Art von Welt wir im Begriff sind zu schaffen? Sie ist das genaue Gegenteil der blöden, auf Freude hinzielenden Utopien, die den alten Reformatoren vorschwebten. Eine Welt der Angst, des Verrats und der Qualen, eine Welt des Tretens und Getretenwerdens, eine Welt, die nicht unerbittlich, sondern immer unerbittlicher werden wird, je weiter sie sich entwickelt. Fortschritt in unserer Welt bedeutet Fortschreiten zu größerer Pein. Die alten Kulturen erhoben Anspruch darauf, auf Liebe oder Gerechtigkeit gegründet zu sein. Die unsrige ist auf Haß gegründet. In unserer Welt wird es keine anderen Gefühle geben als Haß, Wut, Frohlocken und Selbstbeschämung. Alles andere werden wir vernichten –, und zwar alles.....

Es wird kein Lachen geben, außer dem Lachen des Frohlockens über einen besiegten Feind. Es wird keine Kunst geben, keine Literatur, keine Wissenschaft. Wenn wir allmächtig sind, werden wir die Wissenschaft nicht mehr brauchen. Es wird keinen Unterschied geben zwischen Schönheit und Häßlichkeit. Es wird keine Neugier, keine Lebenslust geben. Alle Freuden des Wettstreits werden ausgetilgt sein. Aber immer – vergessen Sie das nicht, Winston – wird es den Rausch der Macht geben, die immer mehr wächst und immer raffinierter wird. Dauernd, in jedem Augenblick, wird es den aufregenden Kitzel des Sieges geben, das Gefühl, auf einem wehrlosen Feind herumzutrampeln. Wenn Sie sich ein Bild von der Zukunft ausmalen wollen, dann stellen Sie sich einen Stiefel vor, der in ein Menschenantlitz tritt – immer und immer wieder." (S. 242, 245, 246)

Das Mittel, durch welches die Partei sich an der Macht erhält, ist: alle Untertanen unmündig, d. h. selbstunbewußt zu halten. Alle Zeugnisse der Vergangenheit werden systematisch zerstört und gemäß der Tendenz eigener Politik verändert. Folge dieser Aktion ist, daß es jedermann unmöglich wird, nachzuprüfen, wie die Vergangenheit war. Da die Wahrheit nicht nachprüfbar ist, konstituiert sich ihr gegenüber völlige Gleichgültigkeit. Es ist verboten, Kunstgegenstände aus früheren Epochen zu besitzen, weil die Hinwendung zu Gegenständen von der bedingungslosen Hingabe an abstrakte Ideen ablenkt, welche die Grundlage des Fanatismus bedeuten. Weich ist derjenige, der zu irgend etwas Zuneigung empfindet, deswegen ist auch jeglicher Geschlechtsverkehr verachtenswert; er ist nur unter völlig unromantischen und entwürdigenden Bedingungen zugelassen. O'Brien versichert Winston, daß die Neurologen der Partei darüber nachsinnen, wie man den Orgasmus beseitigen könne. So besteht einerseits die Sicherheit, daß niemand persönliche Bindungen entwickeln kann, die auf irgend eine Weise die völlige Unterwerfung des einzelnen unter den Staat verändern könnten, andererseits schafft sexuelle Frustration einen Zustand von Hysterie, welcher der Partei nützlich ist. Jegliche Handlung eines jeglichen Untertans wird auf dem Bildschirm beobachtet und bespitzelt. Privatleben jeder Art ist verboten.

Eine totalitäre Gesellschaft muß offensichtlich ihrer Art nach traditionelle Grundsätze von Liebe und Ehe – die stärksten Kräfte eines Fundamentes jenseits der Macht des Staates – bekämpfen. Die einfachste Art, Romantik, Liebe und Ehe zu vernichten, liegt in der Überbetonung des mechanischen Vorgangs innerhalb des Geschlechtsaktes, um ihn so weit wie möglich von der Vorstellung der Zeugung zu trennen, um dann den Sexualhunger wie jeglichen physischen Hunger zu behandeln, der gestillt werden kann, so wie man den Appetit nach Würstchen stillt – brutal, ohne Zögern und ohne Zuneigung.

Keinerlei geplante Rebellion ist in der Organisation von 1984 er-

sichtlich, und es gibt auch nicht den leisesten Hinweis darauf, daß ein Herrschaftsumsturz im entferntesten möglich sei. Dennoch foltern und töten die Mitglieder der „Inneren Partei" – und halten auf diese Weise das Leben aller Untertanen in Unsicherheit – nicht weil ihr Selbsterhaltungstrieb eine solche Politik erfordert, sondern weil sie sich an Folter und Mord erfreuen. Zur Rechtfertigung solcher Unterdrückungspolitik hat man eine mysteriöse Bruderschaft erfunden, die sich angeblich darauf verschworen hat, das Regime zu vernichten. Jeder Untertan, der gefährlicher Gedanken für schuldig befunden ist (auch mancher Unschuldige), wird ergriffen und furchtbaren Folterungen unterworfen, bevor er dann schließlich doch ermordet wird, nachdem man ihn gleichsam gezwungen hat, sich selbst zu verleugnen, um ihm zu beweisen, daß niemandem der Triumph gestattet sei, als Widersacher der Partei zu sterben.
1984 ist die Geschichte einer untersetzten, schmächtigen Person, eines 39jährigen, an einem Krampfadergeschwür leidenden Sekretärs im Wahrheitsministerium, namens **Winston Smith**. Im Einklang mit den Erfordernissen des ‚Zwiedenkens' ist das Wahrheitsministerium jene Behörde, der es obliegt, Lügen zu verbreiten, d. h. die Geschichte gemäß der Vorstellung der Parteibonzen von Zeit zu Zeit zu verfälschen. Winston Smith ist an einer verhältnismäßig unbedeutenden Stelle mit solcher Arbeit beschäftigt. Gemäß höherer Anordnung schreibt er frühere Ausgaben der „Times" und ähnlicher Zeitungen um, damit die Erinnerung an Personen, die von der Partei zu ‚Unpersonen' degradiert wurden, ausgelöscht wird. Smith ist kein Held und unter der ständigen Lebensbedrohung hat er die Tyrannei nahezu akzeptiert. Immerhin hat er dennoch genügend Erinnerungen an die Vergangenheit, um Zweifel zu nähren, und so viel Wissensdurst, um sich Gedanken über die Wirklichkeit der Vergangenheit zu machen, und genügend Verstand, um den Wahnsinn in den Behauptungen der Partei, daß es keine Vergangenheit gäbe außer derjenigen, wie sie die Gegenwart zu sehen geneigt sei, zu erkennen. Ein junges Mädchen, **Julia**, Mitglied der Partei, erregt seine Aufmerksamkeit. Sie ist seinem Auge gefällig. Zunächst hält Winston sie für ein ergebenes Parteimitglied, da sie ihre Keuschheitsschärpe unbeirrt zur Schau trägt. Er haßt sie und spürt das Verlangen, sie in einem Anfall von Gewalttätigkeit zu vernichten. Dann jedoch erfährt er durch eine schriftliche Botschaft, die sie ihm heimlich zusteckt, daß

sie ihn liebe. Nach komplizierten Manövern, die aufgrund der feindseligen Einstellung der Partei allen romantischen Beziehungen und darüber hinaus allem Privatleben gegenüber notwendig sind, gelingt es ihnen, Verabredungen zu treffen – zunächst in einem einsamen Wald auf dem Lande, dann in einem verlassenen Kirchturm und danach in einer Mansarde eines Antiquitätenladens in Clerkenwell. Winston Smith wiegt sich in dem Glauben, daß der Antiquitätenhändler, ein alter Mann namens Charrington, ein Freund und was er ein Relikt aus alter Zeit zu nennen pflegt sei, aber es stellt sich heraus, daß Charrington ein Spitzel der Gedankenpolizei ist. Die Mansarde erweist sich als Falle. Winston und Julia dürfen sich hier eine Weile ihrer Liebe erfreuen, aber dann, bei günstiger Gelegenheit, schlägt die Polizei zu. Beide werden zur Folter geschleppt. Obgleich beide gerade diese Falle nicht vermutet hatten, so waren sie sich doch von Anfang an im klaren darüber, daß eine Entdeckung und schließlich Vernichtung unvermeidlich seien. Der einzige Triumph, auf den sie hoffen konnten, war der Triumph des Mutes, daß sie, was immer sie auch sagen würden, welchen Qualen sie auch immer ausgesetzt sein würden, mit Sicherheit glauben konnten, daß sie ihrer Liebe tief in ihrer Seele nicht abschwören würden. Winston führt aus:
„Wenn sie mich soweit brächten, dich nicht mehr zu lieben – das wäre wirklicher Verrat."
Sie überlegte. „Das bringen sie nicht fertig", sagte sie schließlich. „Das ist das einzige, was sie nicht können. Sie können dich zwingen, alles zu sagen – alles –, aber sie können dich nicht zwingen, es zu glauben. Sie haben keine Macht über dein Inneres." (S. 153)
Jener Triumph jedoch wird ihnen versagt. Es scheint, als habe Julia ihrer Liebe sofort abgeschworen. Einzelheiten erfahren wir nicht. Winston hingegen widersteht der Folter zunächst, schließlich aber wird er in Zimmer 101 geschleppt – das ist der Raum, in dem die Opfer mit dem Scheußlichsten auf der Welt konfrontiert werden: mit Ratten. In diesem Augenblick verleugnet er Julia und fleht darum, daß man sie von den Untieren zerfleischen lasse und nicht ihn. Danach wird er entlassen. Zufällig begegnet er Julia eines Tages, beschämt und voller Abscheu.
„Ich habe dich verraten", sagte sie trocken.
„Auch ich verriet dich", sagte er.
Sie warf ihm einen erneuten kurzen Blick des Abscheus zu.

„Manchmal", sagte sie, „drohen sie einem mit etwas – etwas, das man nicht aushalten, ja nicht einmal ausdenken kann. Und dann sagt man: 'Tut es nicht mir an, tut es jemand anderem, tut es dem Soundso an'. Und vielleicht macht man sich nachher vor, es sei nur ein Kniff gewesen, und man habe dies nur eben so gesagt, damit sie aufhörten, und es sei einem nicht wirklich ernst damit gewesen. Aber das ist nicht wahr. Zur Zeit, wenn es sich abspielt, ist es einem ernst. Man glaubt, es gebe keinen anderen Ausweg, um sich selbst zu retten. Man will, daß es dem anderen widerfährt. Es kümmert einen keinen Pfifferling, was sie leiden. Es geht nur noch um einen selbst."
„Es geht nur noch um einen selbst", echote er.
„Und danach empfindet man für den anderen Menschen nicht mehr dasselbe."
„Nein", sagte er, „man empfindet nicht mehr dasselbe."
Es schien, sie hätten sich nichts mehr zu sagen. Der Wind klatschte ihre dünnen Trainingsanzüge an ihre Leiber. Mit einmal setzte es einen in Verlegenheit, schweigend dazusitzen; außerdem war es zu kalt, um still zu sitzen. Sie murmelte etwas, sie müßte ihre Untergrundbahn erreichen, und stand zum Gehen auf.....

Under the spreading chestnut tree
I sold you and you sold me – " (S. 268, 269)

Julia ist kein heroischer Mensch. Sie polemisiert zwar gegen die Parteiideologie und gegen Ingsoc, dennoch hat sie weder eine metaphysische Freiheitsvorstellung noch einen Plan oder eine Hoffnung, das Joch der Partei abzuwerfen. Sie ist unfähig zu begreifen, warum Winston die sich ihm bietende Gelegenheit, seine ihm verhaßte Frau umzubringen, nicht wahrnahm. Die einzige Freiheit, die sie wirklich schätzt, ist die Freiheit, es sich angenehm zu machen. Winston ist lediglich der letzte einer langen Reihe von Liebhabern. Aber auch **Winston** ist kein Held. Nicht letztlich seine Kapitulation ist unheroisch, denn wer würde schon unter solchen Folterungen schließlich nicht aufgeben? Aber auch seine Gedankenwelt in Freiheit hat nichts Heroisches. Er ist verärgert über die Verlogenheit und Falschheit der Partei, über die Unfähigkeit, einen letzten tragenden Grund zu entdecken, warum die Partei gerade dieser Politik verfallen ist, über die unnötige Schlampigkeit der Wohnverhältnisse und Nahrungslage. Sein Protest gegen die gleichgültige Brutalität des Regimes ist äußerst wechselhaft. Er hatte sich der Mutter und der

Schwester gegenüber ebenso schlecht verhalten wie andere Kinder. Er tritt eine abgerissene Hand gedankenlos in die Gosse. Er schaut sich im Kino die Exzesse gefühlloser Massaker im Mittelmeerbereich an und registriert unbewegt die Lachsalven der Zuschauer. Er entschuldigt sich zwar wegen seines Fernbleibens bei den öffentlichen Hinrichtungen, versichert aber gleichzeitig, daß er sich diese im Film ansehen werde. Er bewundert die Proleten – vor allem die fette Waschfrau, die er fröhlich vor dem Antiquitätenladen singen hört. „Wenn es eine Hoffnung gibt, so kommt sie von den Proleten" verkündet er.

„Die Vögel sangen, die Proleten sangen, aber die Partei sang nicht. In der ganzen Welt, in London und New York, in Afrika, Brasilien und in den geheimnisvollen verbotenen Ländern hinter den Grenzen, in den Straßen von Paris und Berlin, in den Dörfern der endlosen russischen Weite, in den Basaren von China und Japan – überall stand die gleiche feste, unerschütterliche Gestalt, unförmig geworden durch Arbeit und Niederkünfte, die von der Wiege bis zum Grabe schwer schuftet und dennoch singt. Aus diesem mächtigen Schoß mußte eines Tages ein Geschlecht wissender Menschen hervorgehen. Ihr seid die Toten; die Zukunft gehört ihnen. Aber man konnte teilhaben an dieser Zukunft, wenn man den Geist lebendig erhielt, so wie sie den Leib lebendig erhielten, und die geheime Lehre weitergab, daß zwei und zwei gleich vier ist." (S. 204)

Trotz solcher Redegewandtheit verspürt er keinerlei Regung zu einer großangelegten Befreiungspolitik. Seine einzige freiheitliche Handlung ist das geheime Leben mit Julia, seine einzige klare Entscheidung ist, diese Verbindung so lange unversehrt zu erhalten wie möglich. Und tatsächlich erweisen seine kruden Vorstellungen von Rebellion und Revolution sehr deutlich, daß Revolten dieser Art keinerlei Segen erbracht hätten, selbst wenn sie erfolgreich gewesen wären. „Ich hasse Mitleid; ich verabscheue Gutherzigkeit; ich wünsche keinerlei Tugend irgendwo; ich wünsche, daß jeder bis ins Mark hinein korrupt ist", so redet er zu Julia, und er verspricht O'Brien, daß er, um die Partei zu schwächen, Morde auf sich nehmen, Sabotageakte und Verrat begehen würde, daß er Betrug, Fälschung, Erpressung und Schändung von Kinderseelen auf sich nähme, daß er charakterentstellende Drogen verteilen, Prostitution fördern, Geschlechtskrankheiten ausbreiten und alles und jedes tun würde, was geeignet sei, Demoralisierung zu verursachen... sogar einem Kind Schwefelsäure ins Gesicht zu gießen. Eine Revolution mit solchen Mitteln auszutragen hieße – was immer auch ihr Ziel wäre –, eine neue und ähnliche Tyrannei an die Stelle der alten zu setzen. Der neue 'Goldstein' – das liegt auf der Hand – wäre lediglich ein alter 'Großer Bruder'.

Was mehr, so kann man fragen, hätte er unter der Voraussetzung solcher Gesellschaftsordnung tun können? Die Hoffnung, hierauf eine Antwort zu finden, führt ihn zu der Verbindung mit dem mächtigen O'Brien, einem hochintelligenten, geheimnisumwitterten Mitglied der 'Inneren Partei', der Winston versichert, er sei wirkliches Mitglied der Bruderschaft, die dazu aufgerufen sei, die Partei zu stürzen. Winston glaubt O'Brien und trägt ihm einen Schwur an, der Bruderschaft auf jede mögliche Weise zu dienen, vorausgesetzt, daß er seiner Liebe zu Julia nicht abzuschwören habe. Es erweist sich dann natürlich, daß O'Brien's Entwurf einer Revolution eine reine Farce ist, daß er mit Winston ein makabres Spiel treibt, um Beweise gegen ihn zu sammeln. In den Schlußkapiteln ist O'Brien Winstons Folterknecht.

„Die ausführlichste Charakterschilderung **O'Briens** wird dort gegeben, wo dieser sich bemüht, Winston durch Argumente und Folterungen dazu zu bringen, die Lehren der Partei zu akzeptieren. Dabei wird ihm vom Autor verschiedentlich die Rolle eines Inquisitors oder Priesters zugewiesen. Und man darf vermuten, daß die katholischen, wenn nicht gar irischen Assoziationen, die sein Name weckt, Absicht sind: sie sollen diese Rolle betonen. Als Winston Smiths Großinquisitor erblickt O'Brien seine Hauptaufgabe darin, dessen moralisch und geistige Autonomie zu brechen und ihn zu sklavischer, gedankenloser Hingabe an die ständig wechselnde und sich selber widersprechende Parteimeinung über das, was falsch und wahr, wirklich und nicht wirklich ist, zu zwingen. Er argumentiert so:*

* „Nur der geschulte Geist erkennt die Wirklichkeit, Winston. Sie glauben, Wirklichkeit sei etwas Objektives, äußerlich Vorhandenes, aus eigenem Recht Bestehendes. Auch glauben Sie, das Wesen der Wirklichkeit sei an sich klar. Wenn Sie sich der Selbsttäuschung hingeben, etwas zu sehen, nehmen Sie an, jedermann sehe das gleiche wie Sie. Aber ich sage Ihnen, Winston, Wirklichkeit ist nicht etwas an sich Vorhandenes. Die Wirklichkeit existiert im menschlichen Denken und nirgendwo anders. Nicht im Denken des einzelnen, der irren kann und auf jeden Fall bald zugrunde geht: nur im Denken der Partei, die kollektiv und unsterblich ist."

"Only the disciplined mind can see reality, Winston. You believe that reality is something objective, external, existing in its own right. You also believe that the nature of reality is selfevident. When you delude yourself into thinking you see something, you assume that everyone else sees the same thing as you. But I tell you, Winston, that reality is not external. Reality exists in the human mind and nowhere else. Not in the individual mind, which can make mistakes, and in any case soon perishes; only in the mind of the Party, which is collective and immortal."

Der Tenor, in dem diese Rechtfertigung der Unterwerfung des einzelnen unter das Kollektiv vorgetragen wird, ist philosophisch, die Sprache ruhig und logisch. Erst wenn O'Brien dazu übergeht, die Methodik zu beschreiben, mit der die Partei den Ketzer bekehrt, wird hinter seinen Worten das besondere Gefühlsmoment spürbar, und wir bedürfen hier kaum noch des Hinweises, daß O'Briens Gesicht „was filled with a sort of exaltation, a lunatic intensity."* Denn der Rhythmus seiner Sprache und der darin zum Ausdruck kommende hämische Sadismus verraten, daß verzerrte Gefühle am Werke sind: „When you finally surrender to us, it must be of your own free will. We do not destroy the heretic because he resists us; so long as he resists us we never destroy him. We convert him, we capture his inner mind, we reshape him. We burn all evil out of him; we bring him over to our side, not in appearance, but genuinely, heart and soul."**

Die Freude an der Macht ist das nächste, dem O'Brien sich ganz verschreibt. Hier endlich erhalten wir Aufschluß über seine innersten Beweggründe, über die Daseinsberechtigung der Partei samt der von ihr geschaffenen Gesellschaftsordnung und in der Sprache der von Orwell beabsichtigten Propaganda darüber hinaus auch Aufschluß über das „Warum" des Totalitarismus im allgemeinen. Der Hauptzweck der Partei besteht, wie O'Brien erklärt, im Machtkult, in der Macht um ihrer selbst willen, in der Macht als Endzweck,

* „. . . War von einer Art Verzückung, einer verrückten Überspanntheit verzerrt."

** „Wenn Sie sich uns am Schluß beugen, so muß es freiwillig geschehen. Wir vernichten den Ketzer nicht, weil er uns Widerstand leistet: solange er uns Widerstand leistet, vernichten wir ihn niemals. Wir bekehren ihn, bemächtigen uns seiner geheimsten Gedanken, formen ihn um. Wir brennen alles Böse und allen Irrglauben aus ihm aus; wir ziehen ihn auf unsere Seite, nicht nur dem Anschein nach, sondern tatsächlich, mit Herz und Seele."

nicht als Mittel. „God is power", und die Mitglieder der Partei sind „the priests of power". Die Partei, so gibt er zu verstehen, ist die Gemeinschaft derer, die nichts anderes wollen als das Hochgefühl der Macht erleben - etwas, wozu man nur durch den Akt der Herrschaft über andere gelangt. „Power", sagt O'Brien, „is in inflicting pain and humiliation." „Power", so fährt er in Worten fort, die an Dr. Moreau erinnern, „is in tearing human minds to pieces and putting them together in new shapes of your own choosing."* Um dieses sadistischen Gefühles willen betreibt die Partei die Überwachung und Schwächung des menschlichen Bewußtseins. „In our world", sagt O'Brien, „there will be no emotions exept fear, rage, triumph and self-abasement. Everything else we shall destroy - everything... There will be no art, no literature, no science." „But always", heißt es weiter, „there will be the intoxication of power, constantly increasing and constantly growing subtler."**

O'Brien beschließt dieses Kapitel seiner erklärenden Darstellung mit einem Bild, das die ganze Widerwärtigkeit des Machtkultes veranschaulicht. „If you want a picture of the future", sagt er, „imagine a boot stamping on a human face - forever."*** In seinem 1944 zum ersten Male veröffentlichten Essay „Raffles and Miss Blandish" bemerkte Orwell, daß „der innere Zusammenhang zwischen Sadismus, Masochismus, Erfolgsanbetung, Machtkult und Totalitarismus einen gewaltigen Themenkomplex bildet, der bisher nur oberflächlich erfaßt worden ist und den auch nur zu erwähnen für irgendwie unschicklich gilt". In „1984", und hier vor allem in den Äußerungen O'Briens, treffen wir auf Orwells entschiedensten Versuch, mehr als nur die Oberfläche des Problems zu erfassen. Hier liefert er uns die Quintessenz der ihn immer wieder bedrängenden Frage nach dem, was als das Grundübel des modernen Lebens anzusehen ist. In einigen der zahlreichen Essays aus den vierziger Jahren, in denen

* „Macht besteht darin, Schmerz und Demütigung zuzufügen." „Macht heißt, einen menschlichen Geist in Stücke zu zerreißen und ihn nach eigenem Gutdünken wieder in neuer Form zusammenzusetzen."

** „In unserer Welt wird es keine anderen Gefühle geben als Haß, Wut, Triumph und Selbsterniedrigigung. Alles andere werden wir vernichten – und zwar alles . . . Es wird keine Kunst geben, keine Literatur, keine Wissenschaft." „Aber immer wird es den Rausch der Macht geben, die immer mehr wächst und immer raffinierter wird.

*** „Wenn Sie sich ein Bild von der Zukunft ausmalen wollen, dann stellen Sie sich einen Stiefel vor, der in ein Menschenantlitz tritt – immer und immer wieder."

Orwell auf diese moderne Machtbesessenheit zu sprechen kommt, ist „Realismus" die Vokabel, auf die er - nicht ohne Ironie- immer wieder zurückgreift. „Realismus" ist für ihn das Übel, für das alle Intellektuellen besonders anfällig sind. „Das Aufkommen und Umsichgreifen des ‚Realismus'", heißt es in seinem Essay über Miss Blandish, „sind der Grundzug in der Entwicklungsgeschichte des Intellektualismus unserer Zeit." Es liegt nahe, anzunehmen, daß Orwells Wissen um den Vorwurf der Unschicklichkeit, den jeder Versuch, dieses Phänomen zu erforschen, zu gewärtigen hat, aus der Erkenntnis stammt, daß eine solche Untersuchung eine vernichtende Kritik an der zeitgenössischen Gemeinschaft der Intellektuellen implizieren würde. (Seine Erklärung, wonach „die bloße Erwähnung dieser Zeiterscheinung als irgendwie unschicklich gilt", läßt an Passagen in anderen Essays denken, die auf Spannungen zwischen Orwell und der intellektuellen Orthodoxie hindeuten.) Gewiß bereitet es keine Schwierigkeit, in „1984" zugleich Projektion und Kritik der Zielsetzungen der spezifischen literarischen Orthodoxie der Zeit zu erkennen, und man gibt sich, wie ich meine, kaum einer Fehldeutung hin, wenn man O'Brien als Karikatur bestimmter symbolistischer Verhaltensweisen auffaßt. Wenn er mit brutaler Verachtung alle, die nicht imstande sind, in der Gemeinschaft einer von Lebenshaß erfüllten Vernunft mitzumachen, in den Stand bloßer „Proles" verbannt, so erinnert dieser Zug allein schon deutlich genug an Axels geringschätzige Entlassung seiner Dienstboten, die gerade gut genug sind, die für unseren Lebensunterhalt nötigen Arbeiten zu verrichten. Allein schon O'Briens Auftreten und seine Erscheinung sind in dieser Hinsicht bezeichnend. In den Anfangskapiteln des Buches macht O'Brien den Eindruck eines Menschen, der noch mit einer älteren und kultivierteren Ordnung verbunden ist. „He had", so lesen wir, „a trick of resettling his spectacles on his nose which was curiously disarming - in some indefinable way, curiously civilised. It was a gesture which, if any one had still thought in such terms, might have recalled an eighteenth century nobleman offering his snuffbox."*

* „Er hatte eine Art, seine Brille auf der Nase zurechtzurücken, die seltsam entwaffnend und auf eine merkwürdige Weise zivilisiert wirkte. Es war eine Geste, die einen, wenn überhaupt jemand in solchen Begriffen gedacht hätte, an einen Edelmann aus dem achtzehnten Jahrhundert hätte erinnern können, der seinem Gegenüber die Schnupftabaksdose anbietet."

Und doch läßt Orwell uns weit vor Ende des Buches wissen, daß diese aristokratische Urbanität nichts als Maske ist, hinter der sich ein pathologisches Verlangen nach Hierarchie und Macht verbirgt. Sogar die Architektur der vier Parteiministerien (in deren einem, dem Liebesministerium, O'Brien seines Amtes waltet) verrät die gleiche unmenschliche Entrücktheit und Lebensferne, wie Axels Schloß sie repräsentiert. Das Ministerium, so hören wir, ist „an enormous pyramidal structure of glittering white concrete, soaring up, terrace after terrace, three hundred metres into the air"**. Die hinter solcher Detailbeschreibung stehende Auffassung wird noch bekräftigt durch O'Briens eigene Ansichten, wie er sie in seinen Gesprächen mit Winston zum Ausdruck bringt. Denn die Betonung, die er auf das Bewußtsein als Wirklichkeit legt („Wirklichkeit existiert im menschlichen Denken und nirgendwo anders"), sein Glaube an die unbedingte Unterwerfung individuellen Denkens unter ein größeres Denkwesen, seine Beschäftigung mit bestimmten Gefühlsweisen und seine Manier, Erinnerungen an Momente denkwürdiger Lustgefühle zu hegen und zu pflegen, das alles gehört zu dem jedem Kenner moderner Literatur vertrauten Muster. Und mit diesen Begriffen versehen, kann man in der Partei selbst, da sie eine Gemeinschaft der Vernunft ist, ein Abbild der literarischen Hegemonie der Zeit sehen. Die Partei ist, wie sich von selbst versteht, eine Gemeinschaft, die durch ihre Kultivierung der subtilsten für Hierarchie und Verachtung empfänglichen Empfindungen zusammengehalten wird. Und vermutlich ist dies *eine* Seite im Bild der modernen literarischen Orthodoxie, die Orwell zu attackieren beabsichtigte. Wohlgemerkt, ich will nicht behaupten, die in „1984" vorgetragene Auffassung wende sich ausschließlich oder auch nur grundsätzlich gegen die symbolistische Kultur der Zeit. Der Roman zielt weder in diese Richtung noch bedeutet er einen Angriff auf den Sozialismus oder den Katholizismus. O'Brien ist mehr als nur eine Karikatur symbolistischen Denkens. Er verkörpert vor allem den spezifisch modernen Kult von Macht und Hierarchie, eine Geisteshaltung, in der bestimmte Ideen von Kunst, Gesellschaft und Religion lediglich Funktionen sind. In ihrem tiefsten

** „ein riesiger, pyramidenartiger, weiß schimmernder Betonbau, der sich terrassenförmig dreihundert Meter in die Luft reckte."

und letzten Grunde ist Orwells Intention in „1984" eine Kritik am krankhaften Fühlen und verzerrten Denken, die in seiner Sicht das intellektuelle Leben ganz allgemein durchsetzen. Und sein Feldzug geht gegen den Machtkult mit seiner Tendenz, das Leben unter Kontrolle zu bringen und zu schwächen, eine Tendenz, die in O'Brien ihren Repräsentanten findet und sich nicht allein auf politischem, religiösem und kulturellem Gebiet bekundet, sondern in jeder Faser zeitgenössischen Denkens. Auf dieses als sein Hauptziel richtet sich Orwells Angriff, weil hier der Herd des Übels liegt, das alle berühmt-berüchtigten, wenn auch weniger abgefeimten Schrecken des Jahres 1984 auslösen wird."

[O'Brien – Charakteristik aus: Keith Alldritt: George Orwells „1984" S. 195-199]

In die Hauptkapitel des Romans findet man *Goldsteins „Theorie und Praxis des oligarchischen Kollektivismus"* eingefügt, in der Goldstein, der wahre oder fiktive Führer der Opposition, in Dostojewskijscher Manier seine Ziele der Parteipolitik beschreibt.

„Seit Beginn der geschichtlichen Überlieferung und vermutlich seit dem Ende des Steinzeitalters gab es auf der Welt drei Menschengattungen: die Ober-, die Mittel- und die Unterschicht. Sie waren mehrfach unterteilt, führten zahllose verschiedene Namensbezeichnungen, und sowohl ihr Zahlenverhältnis wie ihre Einstellung zueinander wandelten sich von einem Jahrhundert zum anderen: Die Grundstruktur der menschlichen Gesellschaft jedoch hat sich nie gewandelt. Sogar nach gewaltigen Umwälzungen und scheinbar unwiderruflichen Veränderungen hat sich immer wieder die gleiche Ordnung durchgesetzt, ganz so wie ein Kreisel immer wieder das Gleichgewicht herzustellen bestrebt ist, wie sehr man ihn auch nach der einen oder anderen Seite neigt. Die Zielsetzungen dieser drei Gruppen sind miteinander vollkommen unvereinbar...

Das Ziel der Oberen ist, sich da zu behaupten, wo sie sind. Das der Mittelklasse, mit den Oberen den Platz zu tauschen. Das der Unteren, wenn sie überhaupt ein Ziel haben - denn es ist ein bleibendes Charakteristikum der Unteren, daß sie durch die Mühsal zu zermürbt sind, um etwas anderes, als hin und wieder ihr Alltagsleben ins Bewußtsein dringen zu lassen –, besteht darin, alle Unterschiede abzuschaffen und eine Gesellschaft ins Leben zu rufen, in der alle Menschen gleich sind. So wiederholt sich die ganze Geschichte hindurch ein in seinen Grundlinien gleicher Kampf wieder und immer wieder. Während langer Zeitspannen scheinen die Oberen sicher an der Macht zu sein, aber früher oder später kommt immer ein Augenblick, in dem sie entweder ihren Selbstglauben oder ihre Fähigkeit, streng zu regieren, oder beides, verlieren. Dann werden sie von den Angehörigen der Mittelklasse gestürzt, die die Unteren auf ihre Seite ziehen, indem sie ihnen vormachen, für Freiheit und Gerechtigkeit zu kämpfen. Sobald sie ihr Ziel erreicht haben, drängen die Angehörigen der Mittelklasse die Unteren wieder in ihre alte Knechtschaftsstellung zurück, und sie selber werden die Oberen." (S. 169, 185/86)

In der Gesellschaft, die um 1930 herum und später auftaucht, „setzte sich die neue Aristokratie zum größten Teil aus Bürokraten, Wissenschaftlern, Technikern, Gewerkschaftsfunktionären, Propagandafachleuten, Soziologen, Lehrern, Journalisten und Berufspolitikern zusammen. Diese Menschen, die aus dem Lohn empfangenden Mittelstand und der gehobenen Arbeiterschaft stammten, waren durch die dürre Welt der Monopolindustrie und einer zentralisierten Regierung geformt und zusammengeführt worden. Mit ihren Gegenstücken in früheren Generationen verglichen, waren sie weniger besitzgierig, weniger auf Luxus versessen, mehr nach bloßer Macht hungrig, und vor allem sich ihres Handelns mehr bewußt und mehr darauf bedacht, die Opposition zu vernichten (S. 189)."

Die Vorstellungen von der Gesellschaft hat Orwell weitgehend dem Buch „Managerial Revolution" des amerikanischen Soziologen James Burnham (geb. 1905) (dt. Das Regime der Manager) entnommen. George Woodcock schreibt dazu in seinem Buch „The Crystal Spirit. A Study of George Orwell": Eines der wichtigsten Dokumente als Vorstufe zu 1984 bildet der Essay „Second Thoughts on James Burnham", der 1946 in Humphrey Slater's Magazin „Polemic" erschien. Dieser Essay verdeutlicht vor allem, mit welcher Art von Lektüre Orwell zur Zeit der Konzeption des Romans befaßt war. In diesem Essay vergleicht Orwell Burnham's „The Managerial Revolution" mit dessem späteren Werk „The Machiavellians". Einerseits unterwirft Orwell Burnham's grundsätzlichen Standpunkt einer klugen und scharfsinnigen Kritik, andererseits entwirft er selbst in 1984 das Bild einer Gesellschaft, die sich in der äußeren Form (nicht freilich ihrem inneren Wesen nach) jener von Burnham in "The Managerial Revolution" prophezeiten Gesellschaft um ein Haar gleicht, und zwar schreibt Orwell in einer wohlwollenden Tonart, die er selber verabscheute. Er schildert eine Gesellschaft, in der eine sich dauernd in der Macht haltende Elite den Platz älterer Formen politischer und sozialer Herrschaft über eine unübersehbare Menge von Sklaven eingenommen hat, und in der die Welt in drei große Supermächte eingeteilt ist, die sich in einem Dauerkrieg um den Rest der Erde befinden, aber niemals stark genug sind, sich gegenseitig völlig zu besiegen." (S.167)

Symbolik des Romans

„Indem wir das Hauptsymbol des Romans genauer untersuchen, können wir an ihm die besonderen und differenzierten Bewußtseinszustände ablesen, die das Liebeserlebnis hervorruft. Dieses Symbol ist der Briefbeschwerer, den Winston von Mr. Charrington erwirbt. Er besteht aus einem schweren Stück Glas in Form einer Halbkugel, in dessen Innerem ein an eine Rose oder eine Seeanemone erinnerndes Gebilde von lichtem Korallenrot zu sehen ist. „There was a peculiar softness as of rainwater, in both the colour and the texture of the glass."*

Als Winston diesen Gegenstand zum ersten Male erblickt, fühlt er sich nicht nur durch dessen Schönheit gefesselt und angezogen, sondern es geht ihm damit wie mit dem Tagebuch: auch hier spürt er „the air it seemed to possess of belonging to an age quite different from the present one".** Und der Erwerb dieses Gegenstandes bezeichnet einen weiteren wider die Gegenwart gerichteten rebellischen Akt. „It was a queer thing, even a compromising thing, for a Party member to have in his possession. Anything old, and for that matter anything beautiful, was always vaguely suspect."*** Aber dies ist nur die erste Bedeutung innerhalb eines ganzen Bedeutungskomplexes, den der Gegenstand für ihn haben soll. Als Winston Smith nach dem Kauf des Briefbeschwerers in seine Wohnung zu-

* „Ein besonders weicher Ton, als wäre er aus Regenwasser, haftete sowohl der Farbe wie der Beschaffenheit des Glases an."

** „Ein gewisses Etwas, das ihm anhaftete und darauf hinzudeuten schien, daß er einem anderen, grundverschiedenen Zeitalter angehörte."

***„Es war auffallend, sogar kompromittierend für ein Parteimitglied, dergleichen in seinem Besitz zu haben. Alles Alte – und damit alles Schöne – war immer ein wenig verdächtig."

rückkehrt, begegnet er Julia, die er zu diesem Zeitpunkt noch für ein Mitglied der Gedankenpolizei hält, und zwar für eines, das speziell damit beauftragt ist, ihn zu beobachten. In einem Gefühl aus Angst und Haß, das bei ihrem Anblick in ihm aufsteigt, erwägt er, das Mädchen umzubringen. Damit verliert der Briefbeschwerer seine ursprüngliche Bedeutung für ihn und wird zu einem gewöhnlichen „piece of glass", das schwer genug ist, um damit einen Schädel einzuschlagen. Dieser Hinweis zeigt nicht nur, wie oberflächlich und flüchtig Winston Smiths kultiviertes Wahrnehmungsvermögen ist, er verstärkt auch unseren Eindruck von der eiskalten und geballten Grausamkeit, für die er ebenso wie seine Mitbürger in Ozeanien anfällig ist. Denn so schildert Orwell zu Beginn des Romans Winston Smiths aus seiner Angst vor Julia hervorgehendes Haßgefühl: „Vivid, beautiful hallucinations flashed through his mind. He would flog her to death with a rubber truncheon. He would tie her naked to a stake and shoot her full of arrows like Saint Sebastian. He would ravish her and cut her throat at the moment of climax."* Das ist nur eine Äußerung der psychischen Krankheit, an der Winston leidet, und die jener ähnlich ist, die D. H. Lawrence an Gerald Crich in „Women in Love" feststellte, einer Gestalt, die ebenfalls für die apokalyptische Degeneration des Kulturbewußtseins typisch ist. Es ist eine Seelenerkrankung, die ihre physische Entsprechung in Winstons trockenem Husten und dem widerlichen Krampfaderekzem über seinem Knöchel hat.

Winstons Gesundung setzt ein, als Julia ihm ihre Liebe erklärt und in ihm ein Gefühl weckt, das ihm den Mut gibt, sich mit ihr auf das Abenteuer ihrer Begegnung einzulassen. Sehr schön schildert Orwell das Winston überkommende Gefühl heißen Verlangens, als beide zum ersten Male draußen auf dem Lande zusammenkommen. Die nächste Phase ihrer Beziehungen zueinander bezeichnet das Erlebnis der geschlechtlichen Hingabe. Diesem Stadium folgt dann

* „Lebhafte, berückende Vorstellungen huschten ihm durch den Sinn. Er würde sie mit einem Gummiknüppel zu Tode prügeln, sie nackt an einen Pfahl binden und sie mit Pfeilen durchlöchern, gleich einem heiligen Sebastian. Er würde sie vergewaltigen und ihr im Augenblick der höchsten Lust die Kehle durchschneiden."

wieder jenes, in dem „a deep tenderness, such as he had not felt for her before, suddenly took hold of him". „He wished that they were a married couple of ten years' standing." „He wished above all that they had some place where they could be alone together without feeling the obligation to make love every time they met."* Das Verlangen nach Dauer ‚auf Raten' verleitet Winston, das Risiko einzugehen, das über Mr. Charringtons Laden gelegene Zimmer zu mieten, wenngleich auch hier differenziertere Gefühle den Anlaß bilden - Gefühle, die wiederum durch den Briefbeschwerer versinnbildlicht und vermittelt werden: „Actually the idea had first floated into his mind in the form of a vision of the glass paperweight mirrored by the surface of the gateleg table."** Der Briefbeschwerer mit seiner zarten Färbung und Beschaffenheit ist ein Pendant zu der eigentümlichen Empfindung, die nun Winstons Beziehung zu Julia bestimmt. „There was such a depth of it and yet it was almost as transparent as air. It was as though the surface of the glass had been the arch of the sky enclosing a tiny world with its atmosphere complete." „The paperweight was the room he was in and the coral was Julia's life and his own, fixed in a sort of eternity at the heart of the crystal."*** Aber dem Briefbeschwerer kommt noch eine weitere Bedeutung zu. Denn wie er dazu dient, den besonderen Charakter der Gefühle zu versinnbildlichen, die Winston für Julia hegt, so verweist er auch auf jene Empfindungen, deren Winston sich im Traum von seiner Mutter entsinnen kann. Denn jener Traum „had all occured inside the glass paperweight, but the surface of the glass was the dome of the sky, and inside the dome everything was flooded with

* . . . in dem „er eine tiefe Zärtlichkeit empfand, wie er sie vorher nicht für sie gefühlt hatte." „Er wünschte, sie wären ein seit zehn Jahren verheiratetes Ehepaar." „Vor allem aber wünschte er, sie hätten ein Fleckchen Erde, wo sie allein miteinander sein könnten, ohne die Verpflichtung zu fühlen, bei jedem Zusammensein gleich ins Bett gehen zu müssen."

** „genaugenommen war ihm der Gedanke zum erstenmal wie eine Vision durch den Sinn gegangen, als er den Briefbeschwerer sich in der Platte des Klapptisches spiegeln sah."

*** „Es hatte eine solche Tiefe, dabei war es fast so durchsichtig wie Luft. Es war, als sei die Oberfläche des Glases die Himmelskuppel, die eine winzige Welt mit ihrer ganzen Atmosphäre einschloß." „So glich der Briefbeschwerer dem Zimmer, in dem er sich befand, und die Koralle seinem Leben und dem Julias, das im Herzen des Kristalls gleichsam wie für die Ewigkeit im Panzer lag."

clear, soft light in which one could see into interminable distances."*

Schätzt man das mit dem Briefbeschwerer verknüpfte Gewebe zart getönter Empfindungen in seiner Sinnbedeutung richtig ein (denn wenn man auch Orwell vorwerfen mag, sein Symbol zeitweilig strapaziert zu haben, so tut es doch seine Wirkung), dann läßt sich der nachhaltige Schock nachvollziehen, den die brutale Vernichtung eben dieser Empfindungen auslöst, die auf dem erzählerischen Kulminationspunkt des Romans erfolgt, als Julia und Winston schließlich von der Gedankenpolizei gefaßt werden. Kurz bevor es dazu kommt, blicken Julia und Winston aus dem Fenster ihres Zimmers und sehen eine alte Frau Wäsche auf eine Leine hängen. Dabei singt sie einen alten Gassenhauer. Der Text des Liedes ist töricht, aber in dem Singsang spricht sich für Winston ein urgesundes menschliches Gefühl aus. Und während er der Frau bei ihrer Arbeit zusieht, entdeckt er in ihr etwas wie Schönheit. Die hier registrierte Einstellung zum Leben steht in direktem Gegensatz zu jener bei der Erinnerung an die Prostituierte. „It had never before occurred to him that the body of a woman of fifty, blown up to monstrous dimensions by childbearing, then hardened, roughened by work till it was coarse in the grain like an over-ripe turnip, could be beautiful."** In diesem Augenblick erfährt Winston sein tiefstes Erlebnis von Liebe und Ehrfurcht dem Leben gegenüber, und dieses Gefühl findet Ausdruck in Worten, die an jene erinnern, mit denen der Briefbeschwerer und der Traum geschildert wurden. „The mystical reverence that he felt for her was somehow mixed up with the aspect of the pale cloudless sky, stretching away behind the chimney pots into interminable distances."*** Und während Julia und

* Jener Traum „hatte sich im Innern des gläsernen Briefbeschwerers abgespielt: aber die Oberfläche des Glases war die Himmelskuppel, und innerhalb der Kuppel war alles von klarem sanftem Licht durchflutet, in dem man in endlose Fernen blicken konnte."

** „Nie zuvor war es ihm in den Sinn gekommen, daß der Körper einer fünfzigjährigen Frau, der durch Geburten zu gewaltigen Ausmaßen gedunsen und dann durch Arbeit vergröbert und verhärtet war, bis seine Haut der Schale einer überreifen Rübe ähnelte, schön sein konnte."

*** „Die geheimnisvolle Verehrung, die er für sie empfand, war irgendwie vermischt mit dem Anblick des hellen, wolkenlosen Himmels, der sich hinter den Kaminrohren in grenzenloser Ferne erstreckte."

Winston diesem Lied vom Leben lauschen, werden sie sich wehmütig bewußt, wie klein und ohnmächtig dagegen das ihnen zuteil gewordene sinnlich-vitale Erlebnis ist. „,We are the dead', he said, ,We are the dead', echoed Julia dutifully." Und dann fällt der furchtbare Schlag. „,You are the dead', said an iron voice behind them."* Jäh zerreißt die Stimmung von Ehrfurcht und Stille, zerrissen vom Mißklang der parteiamtlichen Stimme aus dem Televisor, dem harten Tritt eisenbeschlagener Stiefel auf der Treppe und dem gewaltsamen Eindringen der schwarzuniformierten Männer in das Zimmer. Inmitten des Lärmes werden Julia und Winston von der Gedankenpolizei brutal ergriffen und festgenommen. Und dann der Gipfel des Schreckens: „There was another crash. Someone had picked up the glass paperweight from the table and smashed it to pieces on the hearthstone."** Angesichts der vielen Assoziationen, die sich mit dem Briefbeschwerer verknüpfen, ist für den Leser dieses Krachen der furchtbarste Laut in einer Szene, in der es gelingt, mit Mitteln der Geräuschbeschreibung den Übergang aus einer Stimmung lautloser Freude in die nackten Grauens sinnfällig zu machen."
[Symboldeutung aus: Keith Alldritt, S. 209-212]

Wenn man versuchen will, die fiktionale Version von „1984" politisch auszudrücken, dann sollte man sich zunächst zweier Tatsachen erinnern. Erstens: „1984" ist keine echte Prophezeiung. Aldous Huxley stellt zu Recht zu Werken dieses Genres fest: „Ein Zukunftsroman kann nur dann fesseln, wenn seine Prohpezeiungen den Anschein der Wahrheit zu erwecken vermögen." Solches aber bestätigt sich nur dann, wenn der Autor etwas prophezeit, von dessen Gefährlichkeit er überzeugt ist, oder wenn er glaubt, daß gefährliche Tendenzen des Auslandes in diese Richtung zielen, wenn man ihnen nicht entgegentritt. Orwell war mit Sicherheit davon überzeugt, daß sich im Ausland Tendenzen ausbreiteten, die denen in „1984" ähnlich waren. Alles jedoch, was man in dieser Hinsicht über Orwell sagen kann, ist, daß er meinte, daß es keine Hoffnung gäbe außer derjenigen, daß das Volk bereit sein möchte, sich selber gegen die Partei-

* „,Wir sind die Toten', sagte er, ,Wir sind die Toten', betete Julia getreulich nach." „,Ihr seid die Toten', sagte hinter ihnen eine eiserne Stimme."

** „Ein erneutes Krachen erfolgte. Jemand hatte den gläsernen Briefbeschwerer vom Tisch genommen und ihn auf der Kaminplatte in Stücke geschlagen."

tyrannei durchzusetzen, und zwar sowohl gegen die Tyrannei einer wohlorganisierten Regierung wie auch gegen diejenige einer durchorganisierten Opposition. Und diese Meinung Orwells war ohne Zweifel richtig.
Zweitens: man muß feststellen, daß die Tyrannei von „1984" nicht als Ergebnis der kommunistischen Revolution oder einer Kriegsniederlage entstanden ist. In „1984" haben die Parteibonzen gelernt, wie man Kriege managt und einsetzt. Ingsoc ist englischer Sozialismus. Was Orwell fürchtete, war die Entartung der Sozialistischen Partei Englands, die im Namen des Widerstandes gegen den Totalitarismus sich zusehends selber totalisierte. „Wir werden so wie das, was wir bekämpfen", sagte der in England wohnende südafrikanische Dichter und Essayist Roy Champell (1901-1957).
Die augenfälligste Kritik an der Gesellschaft von „1984" besteht darin, daß keine Gesellschaft ohne ein gewisses Maß an Tugenden und Loyalität überleben kann; zumindest wäre eine gewisse ‚Honour Among Thieves' erforderlich. Warum beispielsweise sollte ein Mann wie O'Brien seine Dienste bedingungslos der Partei verschreiben, die ganz offensichtlich nur zu bereit wäre, unter der Führung einiger mit unstillbarem Sadismus erfüllten Parteibonzen, ihn eines Tages selber zu ergreifen, um ihn nach seiner Weise zu foltern?
Die einzige Art von ‚Honour Among Thieves' in „1984" besteht in der festen Vereinbarung zwischen den Herrschern der drei Mächte, „sich gegenseitig wie die Getreidegarben zu stützen", und ihre Kriege nicht so weit zu treiben, daß eine der drei Regierungen ins Wanken geriete. Dieser Vorstellung wäre sicherlich als schlagendes Argument entgegenzuhalten, daß es unverständlich erscheint, warum Leute, deren ganzer Lebensinhalt die reine Macht bedeutet, so viel an Selbstdisziplin aufbringen sollten, einen Rivalen nicht zu vernichten.
Isaac Deutscher hat berichtet, wie er Orwell gegen Ende des Krieges fest davon überzeugt fand, daß Stalin, Churchill und Roosevelt bewußt die Welt aufteilen, nach ihrem Gutdünken unter sich verteilen und vollständig zu unterwerfen beabsichtigten. „Sie sind alle machtbesessen", pflegte er immer zu wiederholen. Aber je machtgieriger jeder von ihnen sei, umso weniger zufrieden würde jeder vermutlich mit einem geringeren Drittel sein. Unter solchen Menschen zieht das Argument, daß ein hemmumgsloser Gebrauch

von Vernichtungswaffen die ganze Welt zerstören würde, so wenig wie eine hohle Drohung, denn über kurz oder lang würde der Wahnsinnstrieb nach Macht eine Gestalt wie aus dem Ragnarök (altisländischer Weltuntergangsmythos) hervorbringen, einen Wahnwitzigen, dem der totale Untergang der Welt die einzige Befriedigung seiner perversen Wollust bedeute. Dennoch weiß man nicht genau, ob die Dinge so enden. Man könnte auf das russische Beispiel verweisen und argumentieren, daß es unvorstellbar sei, daß etwa nach den Stalinschen Säuberungswellen noch irgend ein Funke echter Loyalität für das Regime existierte, vor allem in der intelligenten Führungsschicht, man hätte prophezeien können, wie viele prophezeit haben, daß der Untergang der Herrschaft zumindest bei Ausbruch des Krieges unmittelbar bevorstünde, aber der Untergang blieb aus. Aber ob die Parallele zwischen dem Rußland der Wirklichkeit und dem Ozeanien von „1984" stichhaltig ist oder nicht, ist letztendlich für die Beurteilung von Orwells moralischem Kreuzzug irrelevant. Für das Verständnis des Wesens dieses moralischen Kreuzzuges mit dem Roman „1984" ist es gleichgültig, ob die Parteiherrschaft scheitert oder nicht –, denn die Partei hat ihre Arbeit bereits vor 1984 verrichtet. Sie hat bereits die Tugenden vernichtet, und selbst wenn sie gestürzt würde, so träte an ihre Stelle keine gute Gesellschaft, sondern eine verrottete Anarchie.
In traditionellen vergleichbaren Büchern dieser Art erscheint, wie Mr. Savage in „Brave New World" (Huxley), am Ende wenigstens eine Gestalt, ein Überbleibsel sozusagen aus vergangenen und humaneren Zeiten, die sich gegen die unmenschliche und barbarische Tyrannei erhebt. In „1984" gibt es eine solche Gestalt nicht. Aus seinen eigenen Wirklichkeitserfahrungen von Verrat und Brutalität im Spanischen Bürgerkrieg kehrte Orwell, wie er selbst mitteilt, „nicht mit weniger, sondern mit mehr Vertrauen in die Lauterbarkeit menschlichen Wesens zurück". Die Leiden in „1984" haben solch läuternde Wirkung nicht.
Bedrückend ist, daß, wenn die materialistischen Voraussetzungen, die Winston Smith und O'Brien teilen, stimmen, wenn der Tod und das Ende aller Dinge unvermeidlich sind, wenn, was immer Winston Smith sagt oder tut, dies niemand zur Notiz nimmt, O'Brien recht hat. Smith dagegen erscheint verrückt. Seine Integrität ist sinnlos. O'Brien mit seiner Phrase „Gott ist Macht" mag ebenfalls wahn-

sinnig sein, aber darin liegt kein Trost. Winston Smith ist nur ein halber Mensch, besiegt bereits, bevor die Schlacht begonnen hat, weil er von aller wahren Kenntnis der Vergangenheit ausgeschlossen war, von der Kenntnis, was der Mensch wirklich ist oder zumindest sein kann. O'Brien war in gleicher Weise ausgeschlossen. „Wenn er (der Mensch) sich vollends unterwerfen kann, wenn er aus seiner Identität aussteigen kann, wenn er sich so der Partei verschmelzen kann, daß er die Partei ist, dann ist er allmächtig und unsterblich", führt O'Brien aus. Selbst wenn man O'Briens Faseleien und Umschreibungen hinnimmt, was nutzt es, die Zukunft zu besitzen, wenn man nicht zugleich die Vergangenheit besitzen kann? Und O'Brien ist noch vollständiger von der Vergangenheit ausgeschlossen als Winston.

Orwell selbst war zu jener Zeit, als er „1984" schrieb, in gewisser Weise von der Vergangenheit ausgeschlossen. Deutscher hat in seinem Essay über „1984" (The Mysticism of Cruelty. In: Heretics and Renegades) ausgeführt, daß Orwells „1984" dem Roman „We" (Russ.: My; Dt.: Wir) von Evgenij I. Zamjatin (1884-1937), erstmalig publiziert 1924, stark verpflichtet ist. Zamjatin ist so etwas wie Orwells Holinshed (Raphael Holinshed, gest. um 1580, sammelte die „Chronicles of England, Scotland, and Ireland" (1578), die eine der wichtigsten Quellen für Shakespeare abgaben). Ein Essay, den Orwell am 4. 1. 1946 in der ‚Tribune' veröffentlichte, lobt Zamjatins Buch und behauptet gleichzeitig, daß Aldous Huxleys „Brave New World" zu großen Teilen von Zamjatins „Wir" hergeleitet sei. Er kritisiert Huxley, weil die Herrscher der „Brave New World" kein Motiv für ihre Tyrannei bewußter und brutaler Machtgier besäßen. Der Essay beweist Orwells Vertrautheit mit Zamjatins Werk und Vorstellungswelt; die Parallelen zwischen „Wir" und „1984" (und erst recht zwischen „Brave New World" und „My") sind, wie Deutscher zu Recht behauptet, erstaunlich. Zamjatin war ein russischer Sozialist, der vom Ränkespiel seiner sozialistischen Kollegen untereinander angewidert wurde und der sozialistischen Bewegung den Rücken kehrte. Er wurde von den Bolschewisten eingesperrt, als diese zur Macht gelangt waren. Als er aus der Haft entlassen worden war, emigrierte er nach Paris, wo er seinen Roman „My" schrieb.

III. Wichtige staatstheoretische und literaturtheoretische Begriffe zum Verständnis des Romans

Anarchie/Anarchismus: politische Ideologie und Bewegung, die auf Beseitigung jeder Autorität und jeden Rechtszwanges, insbesondere des Staates, abzielt und größte Ausdehnung der persönlichen Freiheit im freien, jederzeit lösbaren Zusammenschluß der Individuen erreichen will.
Der kollektivistisch-kommunistische oder föderalistische Anarchismus erstrebt eine staaten- und klassenlose Kollektivordnung; die Grenzen zum Sozialismus und Kommunismus können fließend sein.

Kollektivismus: Weltanschauung, in der der Einzelmensch nur noch als unselbständiges Glied der Gesellschaft (Masse) betrachtet und letztlich verneint wird. Als Antithese auf den radikalen Liberalismus und Individualismus des 19. Jh. zu deuten. Das Personale wird verneint, der Einzelmensch nur noch als Akzidens einer anonymen Masse; gesellschaftl. Gliederungen werden nivelliert, Privateigentum, Selbständigkeit abgeschafft, persönliche Arbeit durch Gruppenarbeit ersetzt.

Oligarchie: (griech. oligoi = wenige, archein = herrschen). Bezeichnung für die Herrschaft einer kleinen Gruppe, vor allem dann, wenn mit dieser Herrschaft Mißstände verbunden sind. In der griechischen Staatstheorie wurde unter Oligarchie eine Entartung der Aristokratie verstanden.

Utopie: (griech. u = nicht, topos = Ort / Nirgendland) nach dem Titel von Thomas Morus Vernunftsstaatsfiktion „De optimo rei publicae statu deque nova insula Utopia" (1516) gebildete Bezeichnung für einen nur in gedanklicher Konstruktion erreichbaren, praktisch nicht zu verwirklichenden Idealzustand von Staat und Gesellschaft. Ihre Grundform bleibt daher der teils mehr kommunistische, teils mehr aristokratische oder freiheitliche Ziele verfolgende Staatsroman.

Utopie und Gegenutopie
Mit der Bezeichnung U., die 1516 von Thomas Morus geprägt wurde, wurden zunächst Romane und andere literarische Werke bezeichnet, die eine vollkommene Gemeinschaft schildern. Dichter und Pro-

pheten, Visionäre und Revolutionäre träumten von Gesellschaften oder Kulturen, in denen der Mensch restlos glücklich wäre. Der Kulturmensch hat ja nie aufgehört, sich nach einer Kultur ohne Entmenschung und Entfremdung zu sehnen, in der er in Frieden und Freiheit, Gerechtigkeit und Solidarität mit seinen Mitmenschen leben könnte. Dieses Wunsch-und „Wunderland", in dem der Mensch sein Zuhause, seine Heimat finden könnte, hatte Morus auf eine ferne Insel jenseits des gerade überquerten Meeres verlegt. Andere vor und nach ihm haben es in einem längst entschwundenen „Goldenen Zeitalter" oder in einem zukünftigen Millenium gesucht. Während für das Christentum sowohl der Garten Eden wie auch der transzendente Himmel das Paradies sind, haben der Sozialismus und der Anarchismus des verflossenen Jahrhunderts in einer von der Entfremdung befreiten herrschafts- und klassenlosen Gesellschaft die Möglichkeit oder gar Notwendigkeit von morgen gesehen.
Nicht zufällig gehört der von dem Humanisten Sir Thomas More bzw. St. Thomas Morus stammende Staatsroman „Utopia" der Epoche der großen Krisen an, aus der unsere moderne Welt hervorgegangen ist. U. sind allerdings auch schon in früheren Epochen - man denke an Platos „Staat" - entworfen worden; wirkliche Bedeutung gewinnen sie jedoch erst in der Moderne. Waren im 16 Jh. nur zwei U. erschienen, so war deren Zahl im 18. Jh. auf zwölf angewachsen. Einen Höhepunkt erlebte das utopische Denken in den Systemen der sog. utopischen Sozialisten in den ersten Jahrzehnten des 19. Jh. als Reaktion auf den Frühkapitalismus. Später drängte zwar der „wissenschaftliche" Sozialismus die U. zurück - verschwunden sind sie aber auch im weiteren Verlauf des 19 Jh. keineswegs. In dem Maße, wie sich die Krise unserer Kultur vertieft hat, hat jedoch in den letzten Jahrzehnten die „klassische" U. der Menschlichkeit, die im wesentlichen optimistisch war, in einer neuen Form der Darstellung der Zukunft, nämlich in einer ausgesprochen pessimistischen „G." der Macht, ihr Gegenstück gefunden. Am Ende dieses Weltalters, an dessen Beginn Thomas Mores U. stand, repräsentiert nun **George Orwells „1984"** vielleicht am erschütterndsten und deutlichsten die Konter-U., nachdem sich der Umschlag bereits in Jack Londons „Eiserner Ferse", Semjatins „Wir" und A. Huxleys „Schöner Neuer Welt" angekündigt hatte. Nicht zufällig findet sich auch eine parallele Entwicklung beim Faust-Thema, das nach seinem Auf-

tauchen im 16. Jh. bei Goethe einen optimistischen Höhepunkt erreichte, während es heute in Thomas Manns „Dr. Faustus" die nihilistische Reaktion gegen die Humanität der Beethovenschen Neunten Symphonie symbolisiert.
Wir verwenden hier die beiden Begriffe U. und G. als Grenzbegriffe. Während die U. in kritischer Auseinandersetzung mit den grundlegenden Übeln der bestehenden sozio-kulturellen Systeme die rationalen und produktiven Möglichkeiten des Menschen betont und überbetont, malt die G. das Bild einer Gesellschaft und Kultur, in der die irrationalen und destruktiven Tendenzen ihre idealtypische Vollendung gefunden haben. Dabei gehören U. und G. nicht nur zufällig und zeitlich, sondern in einem tieferen Sinne zusammen. Wann und wo U. und G. auftauchen, welche Bedeutung und Kraft sie gewinnen, wie sie im einzelnen aussehen, hängt nämlich stets von der gesellschaftlichen Realität ab, zu der sie als Spiegelbilder auch durchaus gehören. Während die U. psychologisch eine Überkompensation des Mangels, der Sorge, des Unglücks darstellt, spiegelt sich in der G. die Übersteigerung der Furcht, des Schreckens, des Abscheus vor der technisch perfektionierten und total politisierten Gesellschaft, die möglicherweise die U. zu verwirklichen sucht und dabei scheitert, jedenfalls aber mit den Problemen der Welt von heute und morgen nicht fertig wird.
In der total durchpolitisierten Gesellschaft ist das Individuum nur noch „Funktionär" und Machtträger bzw. „Material" und „Masse". Bei **Orwell** kann man daher wirklich den oft mißbrauchten Begriff des „Totalitarismus" anwenden. Dieser ist um so destruktiver, als er nicht in einer einzigen Weltregierung gipfelt, die wenigstens den äußeren Frieden sichern würde. Die Welt ist vielmehr unter drei einander absolut angeglichene Übermächte aufgeteilt, die ununterbrochen miteinander kämpfen, ohne daß je eine siegen könnte oder wollte. An die Stelle des utopischen Traumes vom „Ewigen Frieden" ist also die gegenutopische Realität des „Ewigen (wenn auch lokalisierten und 'geregelten'!) Krieges" getreten, der vom sogenannten „Friedensministerium" geführt wird. Von den weiteren drei Ministerien, über die jeder der drei Überstaaten verfügt, haben zwei die Funktion, die politische Macht zu manipulieren: Das „Ministerium der Liebe", das für Polizei, Gefängnisse und Konzentrationslager zuständig ist, verwaltet den grausigen Apparat der Folterung und Ver-

folgung; das „Wahrheitsministerium" leitet die nie endende Propaganda und „Schulung". **Orwell** erkennt richtig, daß ein solches System nur denkbar ist, wenn es durch eine undurchdringliche Lügenhaftigkeit abgesichert ist, die den Krieg in „Frieden", die Folter in „Liebe" und die Lüge in – „Wahrheit" verwandelt. Die Schlüsselstellung der Gewaltsamkeit in dieser nihilistischen Welt kann nur in **Orwells** eigenen Worten deutlich werden: „Die Macht besteht darin, Schmerz und Demütigungen zufügen zu können. Wenn Sie sich ein Bild von der Zukunft ausmalen wollen, dann... stellen Sie sich einen Stiefel vor, der in ein Menschenantlitz tritt - immer und immer wieder."
U. wie G. können dazu beitragen, die menschliche Existenz in ihrer ganzen Tragik, im Wissen um ihre Endlichkeit und Entfremdung, aber auch in der ewigen Hoffnung auf Fortschritt und Humanisierung aufzuhellen. Die G. warnt uns vor den Gefahren einer zukünftigen Fehlentwicklung. Die U. erschließt uns den Horizont der offenen Möglichkeiten, verleitet uns freilich auch dazu, die Möglichkeit von morgen nicht in ihrer stets vorläufigen und unzulänglichen Gestalt zu erkennen. Sie offenbart nicht nur einen tiefen „ewigen" Sinn; sie enthält zugleich auch einen, um mit Engels zu sprechen, „urzuständlichen Blödsinn", der im wissenschaftlichen Fortschritt durch „neuen, aber immer weniger absurden Blödsinn" ersetzt wird. Weist sie nach Tillich auf eine überhistorisch-vertikale, transzendent-unendliche „Ordnung" hin, auf eine Welt, von der wir nur in Symbolen sprechen können, um die wir aber doch „wissen", d. h. auf eine aus dem historischen Prozeß hinausragende „Gottheit", so kann man andererseits sehr wohl in der Tradition Feuerbachs und des jungen Marx auch die sogenannte Transzendenz der U. selber als Produkt der Immanenz, als eine Folge oder Wirkung des typisch Historisch-Menschlichen sehen. Die Spannung von Gegebenem und Möglichem, von Wissen und Tun, von Existenz und Essenz wird so als ausgesprochen menschliche Seinsweise „aufgehoben". Wir bleiben uns dann des zeitlich-begrenzten Charakters auch derjenigen menschlichen „Ideologien" bewußt, die ihrer Natur nach dahin tendieren, sich als Überzeitlich-Ewiges zu verdinglichen.
Die U. kann daher weder unreflektiert bejaht, noch einfach verworfen werden. Sie ist nie gegeben, aber stets aufgegeben. Eine kritische Philosophie und Sozialwissenschaft wird vielmehr versuchen, den Gegensatz von U., G. und Ideologie von Fall zu Fall in einem „per-

manenten Selbstaufklärungsprozeß der Gesellschaft" (Lieber) zu bezwingen. Eine Zukunftssicht (Futurologie), die den „Geist der U., der die U. überwindet" (Tillich), in sich aufgenommen hat, wird zugleich positivistischer und kritischer verfahren, als es die U. und G. vermögen, dabei aber immer wieder aktivistisch-dialektisch die Grenzen der rein auf Vergangenheit und Gegenwart beschränkten „Wissenschaft" im traditionalen Sinne transzendieren.

O. K. Flechtheim

[in: Wörterbuch der Soziologie. Hrsg. von Wilhelm Bernsdorf. Bd. 3. Frankfurt a. M.: Fischer Taschenbuch-Verlag, 1975, S. 880-82]

Staatsroman gestaltet staatliches (politisches, soziales, wirtschaftliches) Leben in Romanform, in den seltensten Fällen als Selbstzweck, meist mit der erzieherischen und theoretischen Absicht, das für seine Zeit ideale Bild des Staates als verwirklicht vorzuführen, und zwar entweder auf historisch-politischer Grundlage als Idealisierung e. bestehenden oder in der Vergangenheit vorhandenen Staatsgebildes oder als Verwirklichung fordernde Zukunftsvision, als Utopie. Die erstere Form läßt trotz der Verlegung in ferne Länder und Zeiten die Gegenwartsbezüge deutlich erkennen und bleibt stärker der Wirklichkeit verhaftet, aus der sie lernt; als Sonderform entwickelt sie den Fürstenspiegel. Phantastischer und ungebundener an die realen Möglichkeiten, als allzu unbesorgtes Wunschbild e. menschlichen Gesellschaft der Zukunft erscheint die Utopie; wenngleich auch sie weltanschaulich begründet und den geistesgeschichtlichen Strömungen ihrer Epoche verhaftet bleibt, neigt sie häufiger zur Satire durch Übersteigerung der ungesunden herrschenden Zustände, und nur in ihrer ernsten Art gestaltet sie das ideale Ziel e. festgefügten, vernunftmäßig begründeten und auf der Vernunft als alleinigem Grundsatz beruhenden Sozialordnung, deren Höchstes das Glück des Menschen ist, dem auch der Staat nur zu dienen hat. Beide Formen des S. erscheinen bes. in Zeiten innenpolitischer Umwälzungen, an der Wende zweier Epochen; sie versuchen, das bewährte Alte beizubehalten u. die neuen Erfordernisse zu berücksichtigen. Schon in der Antike erscheinen beide ausgeprägt in Xenophons „Kyrupaideia" als Fürstenspiegel einerseits und in Platons utopischer „Politeia" und den „Nomoi" andererseits. Die abendländische Nachfolge beginnt erst in der Renaissance, wiederum in beiden Gestalten: Machiavellis „Il Principe" (1513) und Th. Mores Vereinigung aristokratischer und kommunistischer Züge in „Utopia" (1516). Gegen die radikal-kommunistischen Tendenzen in Th. Campanellas „Civitas solis" (1620) stellt - aus Kenntnis des Manuskripts - der württembergische protestantische Geistliche J.V. Andreae das Ideal e. christlichen Gemeinwesens in „Reipublicae Christianopolitanae descriptio" (1619), das Grimmelshausen im „Simplicissimus" (V, 19) verwendet. Es folgen in England F. Bacons „Nova Atlantis" (1643), in Frankreich D. Vairasses „Histoire des Sévarambes" (1672) und Foignys „Jaques Sadeur", als Satire des Polizeistaates der anonyme „Ophirische Staat" (1699), schließlich Linold-Schützens „Land der Zufriedenheit" (1723). Gegenüber diesen meist negativ-kritischen S. entsteht aus der Verbindung mit der Robinsonade als positive Sicht, auf die Familie als Keimzelle zurückgeführt, Schnabels „Insel Felsenburg" (1731 ff.). Das absolutistische 18. Jh. pflegt nach Vorgang von J. Barclays „Argenis" (1621, dt. von Opitz 1626) den S. und Fürstenspiegel in Form des Schlüsselromans: Fénélon „Télémaque" (1698), Ramsay „Les voyages de Cyrus" (1727), Terrasson „Séthos" (1732) und Marmontel „Bélisaire" (1776) in Frankreich, Willem van Haren „Friso" in den Niederlanden und J. G. H. v. Justi „Psammitichius" (1759) in Dtl. Die bedeutendsten S.e des 18 Jh. stammen von Haller, der die idealen Staatsformen an historischen Beispielen erläutert: im „Usong" (1771) die Despotie als unumschränkte Monarchie, im „Alfred, König der Angelsachsen" (1773) die gemäßigte Monarchie und in „Fabius und Cato" (1774) die aristokratisch bestimmte Demokratie. Wielands „Goldener Spiegel" (1772) dagegen verficht mit bes. Hinblick auf Joseph II. den aufgeklärten, volksfreundlichen Absolutismus. Neue Utopien entstehen unter Einfluß Rousseaus bei Zachariae und Heinse („Ardinghello" 1787), der den Genuß von Schönheit und Freiheit in der Anarchie vertritt, im 19. Jh. in Frankreich als streng sozialistisch-kommunistische Zukunftsbilder bei E. Cabet („Voyage en Icarie" 1840) und Fourier mit Einfluß auf die S. der Bellamy („Rückblick aus dem Jahre 2000" 1887), Th. Hertzka („Eine Reise nach Freiland" 1890) und B. v. Suttner. Als extremer Individualist führt S. Butler in „Erewhon" (= nowhere) 1872 die zeitgenössische Zivilisation ad absurdum. H. G. Wells („A modern Utopia" 1905) vertritt ebenfalls die Freiheit vom Zwang; B. Shaws Utopien verherrlichen, z. T. an Nietzsches

„Zarathustra" anklingend, den Übermenschen. E. neue Fülle von S. entsteht in der Zeit nach dem 1. Weltkrieg, oft aus tiefster Skepsis und Verzweiflung an der Realisierbarkeit e. annehmbaren menschlichen Gesellschaftsordnung und unter geschickter Ausnutzung der wachsenden Machtfülle des Menschen durch die Vervollkommnung der Technik; die Frage nach der zukünftigen Entwicklung bleibt z. T. unbeantwortet, z. T. durch bitter höhnische Zerrbilder entschieden: Ratlosigkeit steht am Ende. Auf M. Brods satirische kommunistische Utopie „Das große Wagnis" (1919), die die Unfähigkeit des egoistischen Menschen zu idealer Staatsbildung darlegt, folgen Sternheims „Europa" (1920), Petzolds „Sevarinde" (1923), ironisierend G. Hauptmanns „Insel der großen Mutter" (1924), ferner Friedrich Fürst Wredes „Politeia" (1926), Huxleys „Brave New World" (1932). C.V. Gheorghiu, „La vingt-cinquième heure", H. Gohde „Der achte Tag", vom humanistischen Bildungsideal her durchgeistigt in Hesses „Glasperlenspiel", als Kampf der Stände in E. Jüngers „Heliopolis", als bittere Satire auf den autoritären Staat in G. Orwells „1984" und als Untergang e. Idealstaates in Werfels „Stern der Ungeborenen".

Science Fiction (engl.), naturwissenschaftl.-technische Utopie, auf den möglichen oder phantastischen Folgen des wissenschaftlichen Fortschritts beruhende Zukunftsbilder und Spekulationen über die Überwindung von Raum und Zeit, neue Erfindungen und Entdeckungen, Weltraumfahrten usw., von der reinen Phantasiedichtung durch die wissenschaftlich mögliche oder wenigstens dem Leser plausibel gemachte Begründung der phantastischen Elemente unterschieden. Nach Spuren schon in der Antike (Homer, Lukians „Wahre Geschichten") und bei den Utopien des 16.-18. Jh. (Campanella, Andreae, Cyrano de Bergerac, Bacon, J. Wilkons, F. Godwin) bes. im 19. Jh. als dem Zeitalter der technischen Revolution ausgebildet (Th. Erskine, E.Cabet, E.A. Poe) und von J. Verne, K. Lasswitz, H. G. Wells, H. Dominik, E. Souvestre, Conan Doyle, R.L. Stevenson, B. Kellermann, W. O. Stapledon, A. Maurois, K. Câpek, C. S. Lewis, F. Hoyle und G. Orwell z. T. unter Vorwegnahme späterer Erfindungen realistisch ausgestaltet, bilden sie in der Gegenwart einen verbreiteten Lesestoff, auch in Serienromanen.

[Gero von Wilpert: Sachwörterbuch der Literatur. Stuttgart: Kröner ³1961, S. 589-91; 561]

IV. Inhaltsangabe (Gang der Handlung)

(nach Kindlers Literaturlexikon)

NINETEEN EIGHTY-FOUR (engl.; *Ü: 1984)*. Roman von George ORWELL (d. i. Eric Blair, 1903-1950), erschienen 1949. - Orwells letzter Roman zeigt die Welt aufgespalten in drei Supermächte, Ozeanien, Eurasien und Ostasien, die einander in Herrschaftsstruktur und Ideologie gleichen. Der permanente Scheinkrieg, den sie gegeneinander führen, dient ihnen als Alibi für Gewaltmaßnahmen im eigenen Machtbereich. Was Orwell am Beispiel Ozeaniens und seiner Hauptstadt London, dem Schauplatz des Geschehens, darstellt, trifft also auch auf die beiden anderen Machtblöcke zu. Ozeanien wird von einer Partei-Oligarchie beherrscht. Die Partei selbst ist in eine „innere" und eine „äußere" unterteilt, deren Mitglieder an ihren schwarzen bzw. blauen Overalls zu erkennen sind. An der Spitze dieses Herrschaftsapparates steht der „Große Bruder", ein fiktiver Parteiführer, dessen Bildnis von allen Wänden starrt und dessen Augen dem Betrachter immer und überallhin zu folgen scheinen - Symbol des allgegenwärtigen Staates *(„Der Große Bruder sieht dich an!")*. Mittels technischer Apparate, z.B. des Tele-Auges, überwacht und beeinflußt die Partei das Leben ihrer Mitglieder bis in die Intimsphäre. Ihr Ziel ist die totale Vernichtung des individuellen Bewußtseins. Recht, Freiheit, Wahrheit, Wissen, menschliche Empfindungen, Träume, Ideale werden in ihr Gegenteil verkehrt. Dementsprechend lauten die Leitsätze der Partei: *„Krieg ist Frieden. Freiheit ist Sklaverei. Unwissenheit ist Stärke."* An die Stelle des echten Sozialismus ist die Parteidiktatur getreten. Nur die „Proles" (das gemeine Volk, das 85 Prozent der Bevölkerung ausmacht) sind von der unablässigen Bespitzelung ausgenommen. Sie werden in geistiger Unmündigkeit gehalten und mit Hilfe eines von der Partei gezüchteten primitiven Nationalismus an jeder Art von Aufsässigkeit gehindert. In dieser totalitären Welt gibt es auch keine historische Faktizität mehr. Durch eine ungeheure Propagandamaschinerie wird das menschliche Gedächtnis ständig neu programmiert, die Geschichte wird im „Wahrheitsministerium" je nach Bedarf um- oder neu geschrieben, die gegenteiligen Belege werden vernichtet. Der Gleichsetzung von Wahrheit und Lüge dient auch das neue, durch Reduktion der überkommenen Sprache entstandene Idiom *(„Newspeak" - „Neusprache")*, das, wie Orwell in ei-

ner beigefügten „Grammatik" erklärt, nicht nur Ausdrucksmittel für die Parteiideologie ist, sondern auch *„jede Art anderen Denkens ausschalten soll"*. Als schwerstes Vergehen gilt daher das *„Gedankenverbrechen"*.
Am Schicksal des kleinen Angestellten Winston Smith, der im „Wahrheitsministerium" mit unzähligen anderen Mitgliedern der „äußeren" Partei an der systematischen Verfälschung der Geschichte arbeitet, zeigt Orwell die Unmöglichkeit, in dieser Alptraumwelt als Individuum zu existieren. Während sich Smith, um dem Argwohn der Gedankenpolizei zu entgehen, nach außen hin loyal verhält, lehnt er sich in Gedanken gegen das autoritäre System auf. In einer Art innerem Monolog versucht er, sich die Welt seiner Kindheit ins Gedächtnis zu rufen, doch da die Partei die historische Wirklichkeit manipuliert hat, bleiben die Erinnerungen, die er in seinem Tagebuch festhalten will, unscharf, halluzinatorisch, bruchstückhaft, ohne faktische Evidenz. Seine Rebellion erschöpft sich, da ihm die Vision einer besseren Welt unmöglich ist, in einem ziellosen Haß auf die Partei. Auch Julia, wie er Mitglied der „äußeren" Partei, vermag ihm nicht zu helfen. Ihr Aufbegehren besteht darin, daß sie insgeheim einem hemmungslosen Hedonismus frönt - ein todeswürdiges Verbrechen in den Augen der Partei, die von ihren Mitgliedern einen rigorosen Puritanismus verlangt und Sexualität nur als notwendiges Übel zur „Erhaltung der Art" duldet. So vollziehen Smith und Julia die körperliche Vereinigung geradezu als einen gegen die Partei gerichteten politischen Akt. Ihre heimlichen Begegnungen sind für die beiden Oasen des Glücks in einer Schreckenswelt. Doch Smith weiß, daß es nur ein Glück auf Zeit sein kann. Um wirksamer gegen die Partei zu rebellieren, sucht er Anschluß an die legendenumwobene Untergrundbewegung Emmanuel Goldsteins. Der Verbindungsmann O'Brien entpuppt sich jedoch als Funktionär der Gedankenpolizei und Goldstein selbst als ein Popanz, den die Partei benutzt, um dem unterdrückten Aggressionstrieb ihrer Mitglieder ein Ventil zu verschaffen. Smith wird verhaftet, gefoltert, entwürdigt. Wie bei allen ihren Gegnern geht es der Partei nicht darum, ihn „auszulöschen", sondern sein Bewußtsein zu „reinigen" und umzupolen. Mittels sadistischer Torturen wird er schließlich dazu gebracht, Julia zu verraten und vor der Partei zu Kreuz zu kriechen. Als er aufgehört hat, als Individuum zu existieren, läßt man ihn frei. *„Er hatte den Sieg über sich selbst errungen. Er liebte den Großen Bruder."*

Der Roman entstand unter dem Eindruck des Nazismus, des Stalinismus und der Wirtschaftspolitik der Industriestaaten während des Zweiten Weltkriegs. Noch pessimistischer und grimmiger als in *Animal Farm* (1945) kommt darin Orwells Überzeugung zum Ausdruck, daß die Machtstruktur einer Gesellschaft auch durch Revolution nicht grundlegend verändert werden kann und daß die Zerstörung des Menschen durch eine perfektionierte Staatsmaschinerie unaufhaltsam ist. Das gibt seiner düsteren Zukunftsvision einen beklemmenden Wirklichkeitsbezug. Trotz mancher, vom literarkritischen Standpunkt berechtigter Einwände gegen die flache Charakterzeichnung und den journalistischen Stil, konnte sich Orwells Roman neben Zamjatins *My (Wir)* und Huxleys *Brave New World* einen festen Platz unter den großen Anti-Utopien der modernen Literatur sichern.
[Kindlers Literatur Lexikon im dtv. Bd. 16, München: Deutscher Taschenbuch Verlag 1974, S. 6755 - 56]

V. Inhaltsangaben der Romane „My" von Zamjatin und „Brave New World" von Aldous Huxley

MY(russ.; *Ü: Wir*). Roman von Evgenij I. Zamjatin (1884-1937), entstanden 1920, erschienen in tschechischer, englischer und französischer Übersetzung 1924, in einer russischen Kurzfassung 1927; die vollständige russische Ausgabe erschien 1952.-Zamjatin schrieb sein bedeutendstes, in der Sowjetunion nicht verlegtes Werk nach eingehender Beschäftigung mit den Utopien von H.G. Wells. Es stellt die Vision eines totalitären „Einheitsstaates" dar und führt in eine Welt der *„quadratischen Harmonie graublauer Marschblöcke"*, in der ein „Wohltäter" das Glück der „Nummern" - individuelle Namen sind abgeschafft - durch die maximale Normierung ihres Tagesablaufs und hermetische Abriegelung gegen die Wildnis *„Jenseits der grünen Mauer"* gewährleistet: *„Ist die Freiheit des Menschen gleich Null, so begeht er keine Verbrechen. Das einzige Mittel, den Menschen vor dem Verbrechen zu bewahren, ist, ihn vor der Freiheit zu bewahren."* Unter dem Einfluß seiner (nicht genehmigten) Geliebten I-330 wird der Raketentechniker D-503 unheilbar krank: Er bekommt eine „Seele" und schließt sich der mit den Wilden verbündeten Opposition des Einheitsstaates an, welche auf den „glücksfeindlichen" Einfall verfällt, am „Tag der Einstimmigkeit" sich gegen die Wiederwahl des Wohltäters zu erheben. Der Aufstand wird durch Verrat zunichte. D-503 wird durch eine von der Regierung verordnete eugenische Behandlung chirurgisch vom „Splitter Phantasie" befreit. Die letzte seiner vierzig „Eintragungen", in denen er seine Geschichte erzählt, berichtet gleichgültig-glücklich, er habe der Folterung der Geliebten beigewohnt, welche am folgenden Morgen die „Maschine des Wohltäters", den überdimensionalen elektrischen Stuhl des Einheitsstaates, besteigen wird: *„Die Vernunft muß siegen!"*

Zamjatins Roman hat die bekanntesten Sozialutopien der Moderne, A. Huxleys *Brave New World* und G. Orwells *1984* vorweggenommen. Zumindest Huxleys direkte literarische Abhängigkeit von diesem Werk ist sehr wahrscheinlich; der Handlungsverlauf in *Brave New World* deckt sich bis in Einzelheiten mit der des russischen Vorbildes. Den Mathematismus Zamjatins, der seinen Niederschlag nicht allein in der Art der dargestellten Denknormen, sondern ebenso in einer kontinuierlich mathematisch-physikalischen Metaphorik des Stils findet, ersetzt Huxley durch den Biologismus des sog. „Bokanovsky-Verfahrens". Ist *Brave New World* auf die kapitalistische Massengesellschaft, *1984* auf den Stalinismus gemünzt, so gibt sich Zamjatins Roman als eine unspezifische Fiktion des Endstadiums eines wie auch immer gearteten Terrors. Er erscheint als allgemeingültige Prophetie zu einer Zeit, da Gaskammern, uniforme Bewußtseinsgleichschaltung und gelenkte Eugenik höchstens angstgeträumte Zukunftsvisionen darstellten.

Zamjatin, der zunächst ganz auf der Seite der Revolution stand, schrieb in seiner kritisch-publizistischen Schrift *O literature, revoljucii, èntropii i o pročem,* 1924 *(Über Literatur, Revolution, Entropie und über anderes),* in der er ähnliche Gedanken wie in dem Roman *My* äußerte, über die Notwendigkeit des Ketzertums: *„Ketzer sind die einzige (bittere) Medizin gegen die Entropie des menschlichen Denkens."* In der literarischen Tradition Leskovs, Remizovs und insbesondere Gogols stehend, vertrat er einen dem herkömmlichen Realismusbegriff entgegengesetzten „Neorealismus": *„Der Realismus, der nicht primitiv sein will – nicht realia, sondern realiora – liegt in der Verschiebung, in der Entstellung, in der Krümmung, in der Nichtobjektivität."* - Verständlicherweise stieß Zamjatin mit solchen Ansichten auf eine ablehnende Haltung der sowjetischen Kritik, die den unhistorischen, außergesellschaftlichen Standort des Romans be-

mängelte. Auch mußte die Veröffentlichung des Werks in der Prager Emigrantenzeitschrift ,Volja Rossii' (Die Freiheit Rußlands) - die dort erschienene Kurzfassung wurde, um den bis 1931 in der Sowjetunion lebenden Autor nicht zu gefährden, als Rückübersetzung aus dem Tschechischen ausgegeben - als Angriff auf den jungen Sowjetstaat empfunden werden.- Zu Unrecht hat man dem Roman jedoch den Vorwurf des heimlichen Trotzkismus gemacht. Zamjatins These der *„unendlichen Zahl der Revolutionen"* ist nicht identisch mit dem Prinzip der *„permanenten Revolution"*. Es liegt ihr vielmehr ein dialektisches Weltverständnis zugrunde, die Idee vom ewigen Widerspiel von „Entropie" und „Energie", deren Antagonismus notwendig Revolutionen in unaufhörlicher Folge produziert: *„Es gibt zwei Kräfte in der Welt, Entropie und Energie. Die eine schafft selige Ruhe und glückliches Gleichgewicht, die andere führt zur Zerstörung des Gleichgewichts, zu qualvoll-unendlicher Bewegung."* Dieser Aspekt verleiht auch dem „Einheitsstaat", jener unvermeidlichen, einseitigen Anmaßung *„Gottes, des größten aller Skeptiker"*, seine geschichtliche Relativität.
[Kindlers Literatur Lexikon im dtv. Bd. 15. München: Deutscher Taschenbuch Verlag 1974, S. 6535/36]

Wackere neue Welt: *(Brave New World). Roman* von Aldous HUXLEY. Erstausgabe London 1932; Übs. von H. E. Herlitschka 1950, auch u. d. T. *Schöne neue Welt,* 1953
Die in ihrer Zynik an Swift und Voltaire erinnernde satirische Anti-Utopie von einer enthumanisierten Menschheit „im Jahre 632 nach Ford" ist eine Antwort auf H. G. Wells' Fortschrittsoptimismus und die Zukunftsvisionen in Dostojevskijs *Legende vom Großinquisitor* und Zamjatins *Wir.* Mit unheimlicher Logik entwickelt sich das Bild einer erbbiologisch und psychologisch ab ovo konditionierten, total manipulierten Wohlstandsgesellschaft, deren Axiome Überbevölkerung, Überproduktion und Überkonsum sind. Ford, Freud und Marx sind die heilige Trinität dieser Welt. Angewandte Naturwissenschaft und eine totalitäre Oligarchie haben ein Utopia geschaffen, in dem Menschen nach Rezept und aufs präziseste hierarchisch genormt in Fließband-Retorten gezüchtet werden, und in dem die schrankenlose sexuelle Promiskuität aller Fortpflanzungsaufgaben entledigt und unterschiedslos in den ansehnlichen Katalog staatlich garantier-

ter Vergnügen eingeordnet ist. Luxus ist für alle da, Unruhe, Elend und Unsauberkeit sind ausgerottet. Auf der Strecke geblieben sind ferner: Freiheit, Religion, Kunst, Imagination. Synthetisches Glück wird allen gleichermaßen beschert, Individualismus gilt als asoziales Delikt; Hypnopädie und Massensuggestion haben dieses Delikt allerdings praktisch unmöglich werden lassen. Jedes Individuum ist ersetzbar; man stirbt ohne Altersleid, und der Toten Asche wird zwecks Neuverwendung chemisch erschlossen. Das Bild dieser vollkommen „formierten" Gesellschaft wird von drei rebellischen Außenseitern gestört, die von den Entdeckungsreisenden der utopischen Tradition die romantechnische Funktion des ironischen Perspektivenwechsels übernommen haben: Bernard Marx, der in der Retorte einem Fabrikationsfehler zum Opfer gefallen ist und deshalb „wie in der guten alten Zeit" lieben möchte; Helmholtz Watson, der wegen seines sträflichen Hanges zum Schreiben ins Exil muß; und ein wider alle Regeln natürlich geborener (aber durchaus nicht „edler") „Wilder" aus einem Indianerreservat, der in der besten aller Welten am wenigsten heimisch wird. Von Krankheit geplagt, schmutzig, masochistisch, atavistisch an Gott glaubend und Shakespeare zitierend, begeht er Selbstmord und wird posthum zu einer Touristenattraktion. – 27 Jahre nach dem Erscheinen seiner Zukunftsvision, die zu einem Welterfolg wurde, veröffentlichte Huxley einen Essayband *Dreißig Jahre danach (Brave New World Revisited);* unter dem Eindruck der zweiten industriellen Revolution und der Fortschritte in der Technik der Gehirnwäsche und der psychologischen Manipulation des abendländischen Wohlstandsbürgers durch Massenmedien und Reklame argumentierte er, daß seine grausigen Vorhersagen auf dem besten Wege seien, sich in einem bescheidenen Bruchteil der veranschlagten Zeitspanne zu verwirklichen.
[Lexikon der Weltliteratur. Hrsg. von Gero von Wilpert, Bd. II, Stuttgart, Kröner 1968, S. 1131]

VI a Aus: George Orwells Utopie „Nineteen Eighty-Four"
Von Gerd Krause (Ausschnitt)

Wie schon der Titel zeigt, gibt sich der Roman als utopische Vision von der Zukunft der Menschheit. Es ist die Vision des enttäuschten Sozialisten, der die im Namen von Freiheit und Gleichheit unter-

nommenen Versuche zum Ausgleich der Klassenunterschiede als letztlich gescheitert betrachtet, da die jeweils neu aufsteigende Schicht eine Machtstellung auf Kosten der Freiheit der übrigen Staatsbürger erstrebt. Wie bei Huxley begegnet auch bei Orwell der Gedanke, daß die technisch gegebenen Mittel der Massenbeeinflussung und -kontrolle die Freiheit in einem Grade zerstören helfen, wie es in den vortechnischen Geschichtsperioden unmöglich war. Dazu kommt die Konsequenz der Methode: die Machthaber moderner totalitärer Staaten begnügen sich zur Sicherung ihrer Position nicht mit halben, instinktgebundenen Maßnahmen, sondern gehen mit bewußter Systematik vor, deren Stichwort die Kollektivierung ist.
Der Rahmen, in den Orwell seinen Angriff auf den modernen kollektivistischen Superstaat stellt, baut die weltpolitische Konstellation weiter aus, die sich als Folge des Zweiten Weltkrieges ergab. Drei Überstaaten teilen sich in die Herrschaft über die Welt: „Oceania", das die beiden Amerika und Großbritannien mit dem Britischen Weltreich umfassende Gebiet; „Eurasia", die Absorbierung des kontinentalen Europas und der nördlichen asiatischen Landmasse durch Rußland; und schließlich „Eastasia" mit China als Kern. Alle drei Staaten, in Bündnis und Gegnerschaft wechselnd, befinden sich im Kriegszustand, der kein Ende findet, ja aus internen Machtinteressen verewigt werden soll. Denn die durch die Industrialisierung bewirkte Besserung der Lebensbedingungen, die sich am Ende des 19. und Anfang des 20. Jahrhunderts einstellte, drohte die Herrschaft der privilegierten Kaste in einer hierarchisch gegliederten Gesellschaft in dem Maße zu untergraben, wie Armut und Dummheit der Masse als Machtfundament der kleinen Oberschicht dahinzuschwinden begannen. Da andererseits die Notwendigkeit der militärischen Stärke ein Nachlassen der industriellen Produktion verbot, blieb beständiger Krieg die einzige Lösung.
Bis auf die Explosionen vereinzelter Raketengeschosse und die Hinrichtung von Kriegsgefangenen merken allerdings die Inlandbewohner nichts direkt von den Kriegshandlungen, werden jedoch durch Siegesmeldungen und Haßkampagnen ständig in Atem gehalten, um den fortschreitenden Verfall ihrer Lebenshaltung zu übersehen. Der Fortschrittspropaganda der Machthaber steht in Wirklichkeit die Abwärtsentwicklung gegenüber.

Das Geschehen des Romans läuft in London ab, der Hauptstadt des Luftbezirks I, der eine Provinz Ozeaniens bildet. Die Bevölkerung zerfällt in die Parteiangehörigen und das zahlenmäßig breite, aber völlig entmachtete Proletariat. Obwohl die Partei behauptet, einst durch die Revolution die Proletarier aus der Knechtschaft der Kapitalisten befreit zu haben, zwingt sie ihnen soziales Elend und absolute Unwissenheit auf. Man verlangt von ihnen lediglich einen primitiven Patriotismus und bereitwillige Arbeit, läßt sie aber im übrigen unbehelligt, weil ihre geistige Stumpfheit die Gefahr einer Empörung ausschließt.
Allein die Partei bestimmt das Leben. Sie gliedert sich in die *"Outer Party"* als die umfassendere, exekutive Gruppe und die darüber stehende exklusive *"Inner Party"*, die das Hirn des Staates darstellt. Das Problem, ihre Machtstellung zu verewigen, löst die Partei durch die unaufhörliche Bewußtseinsformung ihrer beiden Gliederungen.
Die Formung des Menschen setzt im Kindesalter ein. Die staatlichen Jugendorganisationen mit ihren Aufzügen, Fahnen, Wanderfahrten und militärischen Übungen bewirken schon im Kinde eine Parteihörigkeit, die sich in der mit fanatischem Eifer betriebenen Jagd auf angebliche Spione, Schädlinge, Verräter und Ausländer äußert. Die Eltern leben in ständiger Furcht, von ihren eigenen Kindern belauscht und denunziert zu werden. Der einzig anerkannte Zweck der Ehe liegt darin, Kinder für den Dienst an der Partei zu erzeugen. Letzten Endes erstrebt man die Ausrottung jedes Liebesempfindens, um nicht durch individuelle Bindungen und persönliches Gefühl das linientreue Denken mit der Einsatzbereitschaft für die Dreijahrespläne zu schwächen. Promiskuität zwischen Parteimitgliedern ist darum streng untersagt, und die Erlaubnis zur Eheschließung setzt die physische Indifferenz des Paares voraus. Das Musterbeispiel des einfachen Parteimitgliedes, auf dem die Sicherheit der Führerschicht beruht, tritt uns in der Gestalt des Parsons entgegen.
Innerhalb des allumfassenden Überwachungssystems spielt die geheime *"Inner Party"* mit ihrer absoluten Beherrschung der unteren Parteiangehörigen eine unheimliche Rolle. Ein Privatleben, ja ein Eigenleben überhaupt existiert nicht mehr angesichts einer überall und ständig möglichen Beobachtung. Der Televisor *(telescreen)*, das grausige Kontrollmittel der Gedankenpolizei *(Thought Police)*, das

unabstellbar nicht nur Marschmusik und propagandistische Berichte unaufhörlich ausströmt, sondern den Menschen auch der visuellen Beobachtung durch die Polizei ausliefert, möchte das geistige Privateigentum so radikal aufheben, wie das physische schon abgeschafft worden ist.
So ist das Ideal der mehr als 2000 Jahre umfassenden Geschichte des utopischen Denkens, die von Plato über Thomas More bis William Morris geforderte Beseitigung des Privateigentums, hier erreicht worden. Jedoch statt des erträumten Glückszustandes erntet der Mensch nur Sklaverei und Elend. Wohn- und Ernährungsverhältnisse verschlechtern sich zusehends, die Verknappung der Verbrauchsgüter gehört zu den selbstverständlichen Begleitumständen im Leben der schlichten Staatsbürger. Mißstände und Härten setzt die Partei allerdings nur auf das Konto des mythischen Emmanuel Goldstein, eines vormals führenden Gliedes der Herrenschicht, das nun – eine Art Trotzki-Gestalt, der Orwell bereits in *Animal Farm* in der Figur des Snowball literarische Form verliehen hatte – den Stempel des Urbildes politischer Ketzerei trägt und als letztlicher Urheber jeder Verräterei und Sabotage die Zielscheibe der täglichen, systematisch veranstalteten Haßaufwallungen bildet.
Goldsteins Gegenpart, dem offenbar Stalin zugrunde liegt, ist der ebenfalls mythisch gewordene „Big Brother", dessen Kopf auf grellen Plakaten mit der Aufschrift *„Big Brother is watching you"* überall die Augen jedes Betrachters auf sich lenkt. An der Spitze der Parteipyramide stehend, gilt er als Idol, dem man kultische Verehrung entgegenbringt. – Die Regierungsgewalt üben vier Ministerien aus. Das *Ministry of Peace* leitet die Kriegsführung; die Justiz ist Sache des *Ministry of Love* und seines Hauptorgans, der Gedankenpolizei. Das *Ministry of Plenty* lenkt die physische Versorgung durch Niederhalten des Lebensstandards mittels Kürzung, die als Vermehrung der Rationen deklariert werden. Wissenschaft, Erziehung, Kunst und Propaganda unterstehen dem *Ministry of Truth,* das das kulturelle Leben nicht etwa bloß überwacht, sondern vielmehr die gesamte geistige Nahrung auch erzeugt. Der Widerspruch zwischen Namen und Funktion der Ministerien findet seine Parallele in den Schlagworten der Partei: *War is Peace, Freedom is Slavery, Ignorance is Strength.*

Diese Paradoxa gehören der Tiefenschicht des Orwellschen Werkes an. Ohne die Vertiefung bliebe seine Utopia, wie die vorstehende Inhaltsskizze erweisen dürfte, nur eine krasse Nachzeichnung der Linien, die schon die Oberfläche der realen Gegenwart mit unverkennbarer Deutlichkeit durchziehen. Die Ausmalung des Zukunftsrahmens bleibt an Erfindungskraft hinter derjenigen von Huxleys *Brave New World* etwa zurück. Ein derartiger Eindruck verstärkt sich noch, wenn man berücksichtigt, daß Zamiatin in mancherlei Hinsicht, selbst in der mit dem Romanhelden verknüpften Geschichte, bei Orwells Werk Pate gestanden hat*. Der schwachen Entfaltung bildhafter Phantasie steht dafür als charakteristische Stärke die Fähigkeit zu eindringendem Durchdenken der Probleme gegenüber. Es dürfte keine Übertreibung sein, zu sagen, sie nähere Orwell dem Range eines politischen Philosophen an.
Orwells eigentliche gedankliche Leistung setzt mit der Aufstellung der Ingsoc-Grundsätze ein. An ihnen enthüllt er in satirischer Zuspitzung das innere Wesen der destruktiven Kräfte im totalitären Staat. Die „heiligen Prinzipien des Ingsoc" (= *English Socialism)* sind: *Newspeak, doublethink, the mutability of the past.* Ihre Anwendung zielt darauf, sogar die wenigen Kubikzentimeter, die der Mensch in seinem Hirn noch sein eigen nennen kann, ebenfalls der Partei zu unterwerfen. An dem Körper der Menschen zeigt sich die Herrenklasse weniger interessiert; sie erstrebt in erster Linie die absolute Unterjochung des Geistes, in der allein die entscheidende Sicherheit für ihre Machtposition liegt.
"Newspeak" bedeutet im Superstaat die zielbewußte Verarmung der Sprache, die radikale Reduktion des Wortschatzes. Beispielsweise gilt das Wort *bad* als überflüssig angesichts der Neubildung *ungood*; für *excellent* oder *splendid* konstruiert man *plusgood* oder, noch stärker, *doubleplusgood.* In der Erfindung des *"Newspeak"* verrät sich mehr als Orwells Einsicht in die Bedeutung sprachlicher Formulierungen für das politische Leben (vgl. seinen Essay *Politics and the English Language).* Er weiß darüber hinaus, daß Sprache und Denken in Wechselwirkung zueinander stehen. Die Sprache ist

* Zum Beispiel entspricht „Big Brother" dem „Wohltäter" Zamjatins; das Leben vor dem Televisor hat seine Parallele im Wohnen in Glashäusern; der rebellierende Held ist gleichfalls in eine Liebesaffäre verwickelt usw.

nicht einfach ein passives Phänomen, nicht nur ein Bereich, der der Gestaltung durch den Menschen unterliegt, sondern enthält gleichzeitig eine aktive Kraft, die formend auf den Menschen rückwirkt. Die Verarmung der Sprache kommt somit der Verarmung des menschlichen Geistes gleich.

Wie T. Hopkinson mitteilt, sind einzelne Wörter und Wendungen des *"Newspeak"* bereits ins Englische eingedrungen, ein interessanter Beweis nicht nur für die bekannte Freude des Engländers am Spiel mit dem Wort, sondern auch ein Zeugnis von dem Anklang, den der Roman gefunden hat.

Das Ziel der Unterwerfung des menschlichen Geistes löst weitere Maßnahmen mit unmittelbarerer Wirkung aus, als sie dem *„Newspeak"*, das als endgültig geformtes Produkt einen langwierigen Prozeß voraussetzt, innewohnt. Erhöhte Angriffskraft eignet dem *doublethink,* das z.B. in den Parteischlagworten *War is Peace* etc. sprachlichen Ausdruck findet.

Gewiß spielt Orwell auf solche realen Praktiken an, wie die als legitim empfundene Verhüllung diktatorischer Aspekte mit einer demokratischen Fassade oder auf die Erziehung totalitär gelenkter Völker zum Glauben an das Glück und die Fortschrittlichkeit des kollektivistischen Staatswesens. Seine Einsicht in den totalitären Staat geht jedoch tiefer. Gleichzeitig mit den Methoden oder Praktiken deckt Orwell sein inneres Wesen auf und enthüllt es als Dämonie.

Faßt man die Koppelung einander ausschließender Begriffe als Merkmal der Dämonie, so erinnert Orwells *doublethink* an Shakespeares Zeichnung dämonischer Kräfte. Ähnlich wie die Hexen in *Macbeth* im Zeichen des *„Fair is foul, and foul is fair"* die Urteilskraft Macbeths untergraben, so bedient sich bei Orwell die Dämonie des Staates des Doppeldenkens, um durch Schwächung bzw. Zerstörung des Geistes den Menschen zum willenlosen Werkzeug zu machen. Darum sieht der dämonische Staat seinen eigentlichen Gegner im *„common sense":*

The heresy of heresies was common sense.

Für Orwell bedeutet somit der Triumph des Totalitarismus die Errichtung einer Welt des Wahnsinns.

Orwells Fähigkeit zum politisch-philosophischen Denken tritt an dem dritten Prinzip, *„the mutability of the past"*, am überzeugendsten zutage. Die Wandelbarkeit der Vergangenheit, bei der der Autor an

die eigentümlichen Geschichtsbehauptungen totalitärer Regime denkt, bedeutet die systematische Fälschung der Geschichte bzw. das rigorose Auslöschen der Vergangenheit. Ihre technische Durchführung obliegt in Ozeanien dem *Ministry of Truth,* das Urkunden jeder Art nach Maßgabe des augenblicklichen Meinungsstandes der Partei neu schreibt, so daß historische Fakten völlig in ihr Gegenteil verkehrt werden können. Die totale Ausmerzung bzw. „Rekonstruktion" der ursprünglichen Dokumente macht jeden objektiven Nachweis einer Fälschung unmöglich, es liegt ja ausschließlich das von der Partei jeweils gestattete schriftliche Material allein vor. Unter Umständen kann demnach in Ozeanien eine gänzlich imaginäre Person eine ebenso historisch authentische Existenz erhalten wie etwa Julius Cäsar oder Karl der Große.
Das Motiv liegt also in dem Unfehlbarkeitsstreben der Partei, d.h. wiederum in dem Bemühen um Verewigung der Macht.
Hier rührt Orwell an ein Problem folgenschwerster Art. Es ist das Zeitproblem, mit dem sich die Menschheit seit der Antike immer wieder unter verschiedenen Aspekten beschäftigt und das in der englischen Geistestradition namentlich Shakespeare (von den Sonetten ab) umkreist. Dem heutigen Menschen stellt sich das Zeitproblem erneut in aller Gefährlichkeit. Die Hast und Unruhe der modernen Gesellschaft, ihr Keine-Zeit-Haben überantwortet sie der Flüchtigkeit des Augenblickes und raubt ihr die Kraft oder den Willen, sich auf überlieferte, feste Werte besinnen und daran orientieren zu können. Nur der isolierten Gegenwart leben, sich nicht mehr in den Ablauf der Zeit eingebettet wissen, erzeugt für den Menschen Gefahren, die sich heute schon vielfach deutlich abheben: geistig-seelische Anfälligkeit, innere Zerrissenheit, ja die Haltlosigkeit eines Objekts im Spiel der Mächte.
Die Zeit ist jedoch eine kontinuierliche Folge, die den Menschen seinsmäßig umfaßt. So sehr das Wesen Gottes in der Zeitlosigkeit zu begreifen ist, so sehr steht der Mensch im Strom der Zeit und kann, ob er mag oder nicht, der Vergangenheit nicht entrinnen, deren Kräfte in der Gegenwart mächtig bleiben. Wer wie Lady Macbeth dem Zeitbewußtsein entfliehen und Geschehenes ungeschehen machen will, sieht sich schließlich doch zu der Erkenntnis des *„What's done can't be undone"* gezwungen.
Der Mensch ist demnach ein geschichtsgebundenes Wesen, und

sein historisches Bewußtsein, das ein unter allen Lebewesen nur ihm gegebenes Attribut ist, bedingt den Zusammenhang zwischen menschlichem Selbstverständnis und Geschichte. Wir begreifen uns selbst und unsere Welt um so mehr, je stärker wir in die geschichtlichen Zusammenhänge, in die Vergangenheit, aus der wir herauswachsen, eindringen. In diesem Sinne kann der spanische Philosoph Ortega y Gasset davon sprechen, daß ein Vergessen der Vergangenheit auf die Rebarbarisierung des Menschen, ja auf eine Art Selbstmord hinausläuft.

Und Mord des menschlichen Geistes ist es, wenn die Partei in Orwells Staat durch Erstarren der Geschichte ihre Macht auf eine zeitlose, ewige Gegenwart gründen will.

History has stopped. Nothing exists except an endless present in which the Party is always right.

Die Zerstörung des menschlichen Selbstverständnisses durch Verfälschung oder Ausmerzung der geschichtlichen Vergangenheit, der Verlust des organischen Zeitbewußtseins, das die Folge Vergangenheit – Gegenwart – Zukunft als seinsmäßige, logische und moralische Kausalreihe sieht, muß den Menschen als Individuum zur willenlosen Maschine machen. Es bleibt dann der Mensch nur als geistloses Glied einer Kollektivgemeinschaft, und das ist ja das Ziel der Staatsführung bei Orwell.

Eine sich an Zeit und Geschichte versündigende Gesellschaft erschüttert den Geist als das eigentliche Sein des Menschen. Denn auch Orwell erblickt im Rütteln an der inneren Substanz einen Angriff auf die tragende Existenzschicht des Menschen. Allerdings sieht er sie nur im empirischen Bezirk, im individuellen Denk- und Urteilsvermögen. Die metaphysische Einordnung des Menschen, die Huxley als entscheidende Gegebenheit ausweist, fehlt also ganz, und von hier aus wird verständlich, daß die religiöse Seite des Superstaates nur eine unbefriedigend peripherische Behandlung erfährt. Trotzdem bleibt die Tatsache, daß Orwell – wenn auch mehr immanent – die Frage nach dem Wesen des Menschen schlechthin aufwirft. Seine Utopie ist demnach nahe daran, den Rahmen, den die Hauptfrage nach dem Zusammenleben der Menschen im politischen Verband steckt, zu überschreiten und – ähnlich wie Huxley und die große Literatur des 17. Jahrhunderts – zur Problematik des Menschseins überhaupt vorzustoßen.

Die denkende Persönlichkeit und der gestaltende Künstler begegnen sich in Orwell in einem eigentümlichen Spannungsverhältnis, das an der Struktur des Werkes ablesbar ist. Als den Hauptträger der romanhaften Handlung erfindet Orwell die Figur des Winston Smith, eines kleinen Beamten im *Ministry of Truth.* Der engere Bezirk seines individuellen Erlebens und der weitere Raum der Welt des Staates stehen zwar von vornherein in enger Verknüpfung und Durchdringung, aber der letztere gibt derart den Ausschlag, daß er sich stellenweise strukturell löst und zu einer Art Abhandlung – *"The Theory and Practice of Oligarchical Collectivism by Emmanuel Goldstein"* – verdichtet. Die Lösung geht schließlich so weit, daß der weitergreifende Bereich den Rahmen des eigentlichen Romans überströmt und als Appendix über *"The Principles of Newspeak"* erscheint.

Die Ausgedehntheit der gänzlich abstrakten Goldstein-Abhandlung, ganz zu schweigen von dem Appendix, d.h. also der völlige Verzicht auf die Vordergrundshandlung, bedeutet, daß Orwell den Boden der Epik, ja der dichterischen Kunst überhaupt verläßt, wenn ihr Wesen darin liegt, das Abstrakte im Gewande des Konkreten bzw. das Allgemeine in der Form des Einzelfalles aufzuweisen. An solchen Stellen verdrängt der in Orwell stark lebendige Essayist den Epiker. Seine *Animal Farm* dagegen zeigte noch die übliche, durchgeführte Verschmelzung der individuellen Perspektive mit der weiterweisenden, so wie auch Aldous Huxley, Arthur Koestler u.a. dieses Aufbauprinzip befolgen. Ohne vage Erklärung versuchen zu wollen, darf man aussprechen, daß sich in *Nineteen Eighty-Four* der Denker Orwell zur unterstreichenden Systematisierung seiner politischen Kritik gedrängt fühlt: *„It had merely systematized the knowledge that he possessed already."*

Andererseits behauptet sich der Romancier erfolgreich durch Einführung einer Liebesgeschichte, die im Vergleich zu dem entsprechenden Geschehen in Huxleys Utopien (Mr. Savage oder gar Dr. Poole und Loola) stark ausgebaut ist von der ersten bis zur letzten Begegnung. Der Gattungscharakter des „Raumromans" bleibt gleichwohl erhalten, weil weder Figur noch Geschehen als ausschlaggebende Substanz ansprechbar sind. Wenn auch der persönliche Lebensgang des Winston Smith strukturell führt, so bleibt doch das eigentliche Anliegen die Formung der größeren Welt,

und dem individuellen Vordergrundgeschehen fällt die Aufgabe zu, als Gerüst zum Aufranken der entscheidenden Aussagen zu dienen und somit den überindividuellen Bereich anschaulich zu öffnen.
Der Blick auf die Art, in welcher der Dichter die epische Welt entfaltet, lehrt aiso, daß die folgende Skizzierung der Handlung im engeren Sinne den vorstehend dargelegten Gehalt des Werkes nur konkret bestätigen kann.
Die Gliederung des Romans in Teile und Kapitel, die in sich geschlossene Handlungseinheiten bilden, verrät Orwells strengen Bauwillen, während bei Huxley die Anlehnung an Filmmethoden eine sehr lockere Szenenfolge zeitigte. In der gegenwärtigen Romansituation Englands wächst die Tendenz, von den Formexperimenten, die sich für die neuere Zeit hauptsächlich mit dem Namen Virginia Woolf verbinden, abzurücken und an die klassische englische Tradition, etwa einer Jane Austen, anzuknüpfen. Die sorgfältigere Handlungsführung verstärkt den dramatischen Aspekt des Romans. Deshalb könnte man die Dreiteiligkeit von *Nineteen Eighty-Four* mit der Dreiaktigkeit eines Dramas vergleichen, der folgende Hauptphasen der Handlung zuzuordnen sind: 1. Winstons Ausgangssituation und Entschluß zur Absage an die Partei; 2. die Liebesverbindung mit Julia und die Kontaktaufnahme mit O'Brien, einem Mitglied der *Inner Party*, als Höhepunkt, dem die Peripetie in Gestalt der Verhaftung folgt; 3. Winstons Leidenszeit im *Ministry of Love* und sein Untergang.
Da die Handlung, wie in einer Tragödie, von vornherein auf die Katastrophe angelegt ist, unterstreicht sie eindringlich alle Momente, die in der abstrahierenden Analyse des Gehalts in Erscheinung traten. Gehen wir nun die Handlung unter Hervorhebung kennzeichnender Formkräfte des Autors kurz durch, um unsere Meinung zu erhärten, daß der Künstler in Orwell ebenbürtig die Hand dem kritischen Denker reicht.
Obwohl Mitglied der *Outer Party*, gelingt es Winston Smith, vorerst noch der Bewußtseinsformung durch die Partei inneren Widerstand zu leisten. Noch „Mensch" geblieben, besitzt er die Fähigkeit, in sich selbst hineinhorchend, über das Wesen der äußeren Erscheinungswelt zu reflektieren und zu Schlüssen zu gelangen. Die Erkenntnis der lebenzerstörenden Tätigkeit der Partei macht ihn zum Revolutionär. Seine Berufsarbeit – er hat Dokumente gemäß dem aktuellen

Meinungsstandpunkt der Partei umzuschreiben – liefert ihm unmittelbare Einsicht in die systematischen Geschichtsfälschungen und erfüllt ihn gleichzeitig mit dem quälenden Bewußtsein, die amtlichen Lügen nicht mit gültigen Gegenbeweisen widerlegen zu können.

Die individuellen Maßstäbe der eigenen Erinnerung bleiben die einzigen vagen Mittel, mit denen Winston in die Vergangenheit zurückzutasten sucht. Sein Bemühen, das Einst in seinem Gedächtnis wiederzuerwecken, fängt Orwell gerne – vgl. etwa Teil I, Kapitel 6 – mit dem Kunstmittel der Zeitschichtung ein, jener Überlagerung der Zeitebenen, die der von Marcel Proust und James Joyce herkommenden und von Virginia Woolf zum letzten Höhepunkt entwickelten analytischen Bewußtseinskunst ihr eigentümliches Gepräge verleiht. Die Wichtigkeit, die Orwell dem Zeitproblem beimißt, erklärt die Verwendung weiterer Stilmittel, die ihrerseits die Einheit von Gehalt und Gestalt des Romans und damit das Künstlertum des Dichters bezeugen. Das scheinbar nebensächliche Detail eines viktorianischen Briefbeschwerers aus Glas, auf den Winston zufällig stieß, illustriert in seiner Wirkung auf den Finder abermals die Qual, die ihm die un-menschliche Zeitlosigkeit bereitet. Aber nun hatte er ja ein wirklich existentes Beweismittel der unverfälschten Vergangenheit gefunden. Wie einen Schatz hütet er den simplen Briefbeschwerer, der ihm ein Quell der Freude ist, ebenso wie die mühsam zusammengestückten Kinderreime längst vergangener Tage. Man möchte an die überschwengliche Äußerung Carlyles denken, daß der schlichteste Fund, den Dryasdust aus der Vergangenheit ausgräbt, poetischer als der ganze Shelley und romantischer als der ganze Scott sei. Deshalb liegt keine einfach eliminierbare Ausschmückung des Vordergrundes vor, wenn später der Briefbeschwerer in der Verhaftungszene wieder auftaucht und der eingedrungene Häscher ihn auf dem Boden zerschmettert. In dem zertrümmerten Glas zerbricht sinnbildlich das letzte Stück Vergangenheit mit den daran geknüpften Hoffnungen für die Zukunft. Es ist echte Dingsymbolik. Neben ihr steht die Symbolik durch Lebewesen: die singende Drossel, die singende Proletarierfrau, Wesen mit noch ungeborchenem Lebensmut. *„The birds sang, the proles sang, the Party did not sing"* (S. 168).

In der zweiten Handlungsphase hebt Orwell das Ringen Winstons durch verschärfte Personenkontrastierung hervor. Winston, ein einsamer Mensch wie der Dichter selbst und viele seiner Charaktere, geht auf die von seiner Arbeitskollegin Julia angebahnte Verbindung ein. Unter Beobachtung größter Vorsichtsmaßregeln führen beide in geheimen Schlupfwinkeln das Surrogat eines Privatlebens, in dem sich Winston als aktiver Revolutionär empfindet. Im Grunde bleibt er jedoch einsam. Er muß die Enttäuschung hinnehmen, daß Julia kein Interesse an den ihn bewegenden Fragen nimmt oder nehmen kann. Der Generation, die nach der Revolution aufwuchs, erstarb der Sinn für den Unterschied von Vergangenheit und Gegenwart, von Wahrheit und Lüge. Sie lebt nur körperlich. Julias Rebellentum fließt allein aus ihrer Sinnenlust: *„You're only a rebel from the waist downwards", he told her.*

Die Enttäuschung steigert sich zum todbringenden Irrtum in der Begegnung mit O'Brien, zu dem ihn ein unerklärbares Vertrauen hinzieht. In einem Traum hörte Winston eine Stimme, die er als die O'Briens identifiziert, das Wort sagen: *„We shall meet in the place where there is no darkness."*

Dieses Wort durchzieht leitmotivartig den ganzen Roman. Es ist mehr als ein kompositorisches Bindemittel und ebenfalls, obwohl es das Kommende irgendwie vorausdeutet, mehr als bloß Spannung und Gestimmtheit erzeugende Antizipationstechnik. Stets mit O'Brien assoziiert, dient es als Charakterisierungsmittel und hebt in seiner geheimnisvollen Art das zwielichtige Verhalten der Dämonie hervor. Am Schluß des ersten Teils erinnert sich Winston des Ausspruchs, um ihn auf die vorgestellte Zukunft zu beziehen. Dann taucht das seltsame Wort in der Szene der ersten Zusammenkunft mit O'Brien wieder auf, wo Winston den Gipfel seiner Hoffnungen erreicht, weil er in dem einflußreichen Mann der *Inner Party* einen mächtigen Verbündeten gefunden zu haben glaubt. Gegen Ende enthüllt sich die wahre Bedeutung, so wie Macbeth erst kurz vor seinem Tode den Sinn der zweideutigen Prophezeiungen der Hexen erfaßt. Sieben Jahre nach dem Traum erklingt dieselbe Stimme in der von grellem Licht erleuchteten Marterstätte. Der Kreis hat sich in tragischer Ironie geschlossen. Das Moment der Ironie drängt sich um so stärker auf, wenn das Bild von Licht und Finsternis die Erinnerung an zahlreiche ähnliche Bibelwendungen wachrufen will. Hier ist die Macht des Bösen absolut. Diese Welt kennt keinen Gott – Winston glaubt nicht an ihn, nur an den *„spirit of Man"* –, und darum

kann auch kein Malcolm aufstehen, der sich zur „*grace of Grace*" bekennt.
Auf dem preisgegebenen Menschen einer gnadenlosen Welt lasten Furcht und Verhängnis. Die Atmosphäre des Düster-Unheilvollen, die Winstons Weg umgibt, vermag Orwell zu Situationen des Grauens zu komprimieren. In dem Zimmer des Proletarierviertels, wo Winston und Julia von Zeit zu Zeit verstohlen zusammentreffen, entdecken sie eines Tages Ratten. Während Julia gleichmütig bleibt, ist Winston völlig verstört. Bei dem Anblick der Ratten, die ihm der Inbegriff alles Widerwärtigen sind, steigt der Alpdruck eines ihn häufig quälenden Traumes auf. Der Leser empfindet die Szene zunächst als Baustein zur Einheit der Stimmung des Romans. Doch offenbart sich auch hier wieder der Funktionsreichtum dichterischer Mittel. Die Szene dient abermals der Vorausdeutung, deren Beglaubigung in Winstons Leidenszeit erfolgt, wo die Ratten als Höchstmaß seiner Qualen erscheinen und gleichzeitig die unheimliche Reichweite und Grausamkeit der Partei bezeugen.
Einen besonderen Glanzpunkt des Romans bildet die Verhaftungsszene (Teil II, Kap. 10), die als Schnittpunkt verschiedener Formkräfte den feinen Gewebecharakter des Kunstwerks und damit Orwells dichterisches Vermögen geradezu konzentriert erkennen läßt. Zum letzten Male befinden sich Winston und Julia in dem Zimmer über dem Trödlerladen, wo sie dem Auge der Partei zu entgehen wähnen. Es ist Abend und die Zeit ihres Zusammenseins abgelaufen, aber der Himmel erscheint noch frisch und blau. Draußen, im Hinterhof, hört man die unermüdlich werkende Cockney-Frau, die Mutter vieler Kinder, ein sentimentales Liedchen singen, mit dem sie ihre der natürlichen Lebensbestimmung der Frau zugewandte Arbeit begleitet. Die in malender Sprache geschaffene Atmosphäre regt den grüblerischen Winston zu jener Gedankenkette an, der die nur im Körper lebende und dennoch - im Gegensatz zur Proletarierfrau - zur Kinderlosigkeit verurteilte Julia nicht zu folgen vermag. Sie kann nur „*dutifully*" - das eine Wort charakterisiert Julias Hingabe wie auch ihre geistige Leere - Winstons Worte wiederholen. In der Form der erlebten Rede mit stellenweise deutlicher Ausgewogenheit des Rhythmus hängt Winston der Idee nach, daß an der Vitalität der Proletarier, denen früher oder später auch die geistige Bewußtheit zuteil würde, die Partei schließlich zerschellen müßte. Menschen

wie er, Winston, könnten an jener freien Zukunft durch Vorauswissen teilhaben, wenn sie den gesunden Menschenverstand intakt hielten und seine Lehre, daß zwei plus zwei gleich vier sei, weiter überlieferten. Ein derartiges Wissen ist tröstlich, auch wenn auf den jetzt Wissenden die Ahnung lastet, daß ihr Leben vom Tode umfangen sei: *„We are the dead", he said.*
Und dann schlägt das Stimmungsbild abrupt in Handlung um. Der unvermittelte Übergang vom Zukunftstraum, in dem sich Trost und Elegie wie Licht und Schatten in spannungsreicher Schwermut mischen, unterstreicht die Brutalität der Gegenwart und ihrer verzweiflungsvollen Wirklichkeit.
Mit dem Stilmittel des Echos bringt uns Orwell das Unheimliche und Ausweglose der Situation nahe, in der sich die beiden von der Gedankenpolizei überraschten Menschen befinden. Ihre Worte prallen wie von Wänden ab, und, zurückschallend, üben sie eine bannende, lähmende Wirkung aus. Die Hilflosigkeit findet - neben der Mißhandlung durch die Schergen - weiteren Ausdruck in dem von Orwell gern geübten Rückgriff auf frühere Äußerungen, die zuerst nur als malender Einschub erscheinen mochten. Die Kinderverse *„Here comes a candle to light you to bed, here comes a chopper to chop off your head!"* kehren hier in bedeutungsvoller Ironie wieder.

Den gleichen Kunstgriff erhellt die genauere Betrachtung der Echoworte. Alle stellen sie nur einen äußeren Widerhall dar, der allein der vorliegenden Szene angehört, bis auf Winstons Wort *„We are the dead"*. In einer weit zurückliegenden Szene hatte es Winston gebraucht, als er Julia vergeblich klarmachte, daß eine Kriegserklärung an die Partei mit Todesgefahr verbunden sei. Über das Zwischenstadium der Verwendung dieser Formel durch O'Brien, wo sie in der Rückschau unheimlich und drohend wirkt, taucht sie nun als seelisches Vorspiel zur Verhaftung wieder mit Winston gekoppelt auf. *„We are the dead"* ist echte Reflektion seines Inneren. Das aus dem Inneren hallende Echo, das zeitlich getrennte Szenen zu überspannen vermag, spiegelt einen konstanten Aspekt im Leben des Helden: die ständige Todesnähe und Todesfurcht des eigenbewußten Individuums und - vice versa - die unversöhnliche Härte des totalitären Staates gegen jedes Aufbegehren. Insofern das innere Echo die Idee des Romans verdeutlicht, finden sich Form und geisti-

ger Gehalt wiederum zusammen als Ausdruck der Geschlossenheit des Kunstwerkes.
Der dritte Teil bringt die Erfüllung dessen, was die beiden vorhergehenden aufbauend vorbereiten. Das lange Martyrium im *Ministry of Love,* wo eine wissenschaftlich ausgeklügelte Apparatur Schmerzen vielfältiger Art hervorruft, entstellt Winstons Körper bis zum Ekel vor sich selber. Den Prozeß der inneren „Umformung" als dem eigentlichen Ziel leitet O'Brien persönlich; seine Belehrungen verraten Orwells Wunsch, noch einmal die Warnung in prägnanter Gedanklichkeit summiert zu Gehör zu bringen. Die Anklage ballt sich zusammen zum Angriff auf den puren Machtinstinkt als der Wurzel allen Übels.
Die letzten Konsequenzen, die der menschlichen Gemeinschaft aus dem Streben nach Macht allein um der Macht willen erwachsen, werden, unter Absage an die Utopie alten Stiles, in einem Bild apokalyptischen Grauens gezogen.
Winston Smith ist das Opfer dieser Welt. Die „Umformung" bricht seinen Geist, und wenn die Partei es will, glaubt er, daß zwei und zwei fünf seien. Er hat seine Individualität verloren und ist zum Schemen herabgesunken, von dem es mit bitterem Lachen heißt:
He had won the victory over himself. He loved Big Brother.
Der abgrundtiefe Pessimismus des Romans steht zweifellos mit der Tatsache in Verbindung, daß der an Lungentuberkulose erkrankte Dichter sein Werk mit dem Tod zur Seite schrieb, bekennt er doch selbst: *„It wouldn't have been so gloomy if I hadn't been so ill."*
Und doch, selbst wenn man die Krankheit in Rechnung stellt und auch die der utopischen Literatur eignende Neigung zum Übertreiben berücksichtigt, bleibt als letzte Ursache die seiner Zeitschau entstammende tiefe Enttäuschung, die William Morris' Paradies einer kommunistischen Utopia ins Gegenteil kehrte.
[G. Krause: George Orwells Utopie „1984".
In: Die Neueren Sprachen 1954, S. 530 ff.]

VI b Aus: Meister des englischen Romans.
George Orwell (Ausschnitte) Von Ludwig Borinski

Machtwille und Entpersönlichung sind nur zwei Aspekte eines Zustandes. Der Machtwille herrscht ungehemmt, *weil* die Menschen von höheren Lebensinhalten entleert sind, und so nichts anderes mehr haben, wofür sie leben können. Jeder kann das heute in seiner persönlichen Umgebung nachprüfen. Überall trifft man heute den politischen Fanatiker, für den es nur seine Partei oder irgendein anderes politisches Wunschbild gibt. Es sind das regelmäßig beschränkte Menschen ohne rechten Sinn für irgendetwas anderes, seien es geistige Interessen oder Religion, und sie sind heute so verbreitet, weil höhere Interessen überhaupt selten geworden sind. In schöpferischen Zeiten hatten auch die Herrscher und Staatsmänner daneben noch echte andere Interessen. Heute füllt der leere Wille zur Macht das große seelische Vakuum aus. Daher mußte Orwell in seinem Roman auch physischen Terror schildern, so unmöglich er in einem englischen Milieu anmutet. Denn Machtwille ist Wille zur Zerstörung. Auch in der modernen Kunst geht ja die abstrakte Verzerrung der Wirklichkeit bald in ihre surrealistische Zertrümmerung über, am Ende des Krieges fiel sofort auf, daß das Bild der zerstörten Städte von den Surrealisten vorausgeahnt war, übrigens ein erneuter schlagender Beweis, wie sehr das Unheil unserer Tage in geistigen Verfassungen seine Wurzel hat, die den Auswirkungen in der Wirklichkeit vorhergehen.

Orwell mußte physischen Terror schildern, weil Machtwille auch Wille, Schmerz zuzufügen, ist. In der stärksten Szene des ganzen Werkes, in der Szene zwischen O'Brien und dem Helden Winston Smith, wird dies von dem Foltermeister O'Brien, einem prominenten Mitglied der Inner Party, offen ausgesprochen: „How does one man assert his power over another, Winston? By making him suffer. Obedience is not enough." Erst der Schmerz ist der eigentliche Triumph der Macht. Und so malt dann O'Brien eine Utopie der Macht und deshalb des Schmerzes aus, vielleicht das Furchtbarste, was je geschrieben worden ist. „Progress in our world will be progress toward more pain." Und er sagt ausdrücklich, daß das eine Folge des Absterbens aller anderen, höheren Lebensinhalte und der daraus resultierenden Entleerung des Daseins ist. „There will be no art, no literature, no science... There will be no distinction between beauty and ugliness. There will be no curiosity, no enjoyment of the process of life. *All competing pleasures will be destroyed.* But always, always there will be the intoxication of power, constantly increasing and constantly growing subtler. Always, at every moment, there will be the thrill of victory, the sensation of trampling on an enemy who is

helpless. If you want a picture of the future, imagine a boot trampling on a human face - for ever." Auch bei Graham Greene gibt es übrigens die Faszination der Grausamkeit, ebenso bei den Surrealisten. Es ist das die letzte Steigerung des Bedürfnisses der Moderne nach Sensation. Man erinnere sich auch, wie die mit dem Beginn der Moderne entstehende Massenpresse um Mord und Unzucht kreist. Orwell deutet auch eine andere Versuchung unserer Welt an, die man Intellektuellenfanatismus nennen könnte. Er schildert einen Spezialisten für „newspeak", der es „faszinierend" findet, Worte abzuschaffen. Derartige Intellektuelle können es auch faszinierend finden, die ganze Menschheit abzuschaffen, wenn es die Konsequenz ihres Systems verlangt. In der Führung aller großen Mächte haben in den letzten Jahrzehnten in zunehmendem Maße solche Gruppen von Intellektuellen Einfluß gewonnen, die sich vor solchen Versuchungen hüten müssen. Auch diese Faszination des Extremen erklärt sich übrigens aus dem Fehlen moralischer Substanz.
Es gibt aber noch eine andere, raffiniertere Form der Macht, und das ist die Macht über die Geister. Um sie geht es den Machthabern von „1984" fast noch mehr, als um die Macht, Schmerz zuzufügen. O'Brien sagt: „The second thing for you to realize is that power is power over human beings. Over the body - but, above all, *over the mind.*" In der Analyse dieser Politisierung des Denkens in unserer Zeit hat nun Orwell tatsächlich das Tiefste und Subtilste geleistet, es ist deutlich sein Hauptanliegen. Zunächst die herkömmlichen Kniffe der Demagogie, das „question begging", wodurch das Unbeweisbare als selbstverständliche Voraussetzung eingeschmuggelt wird, das Hantieren mit der Vieldeutigkeit von Begriffen, wie Demokratie, die Halbwahrheit, vor allem aber die Überrumpelung durch die ganz grobe Lüge und das Ungereimte, die die Menschen sprachlos machen und durch Verwirrung das Denken lähmen. Diese Technik wird in „1984" besonders gepflegt. Schon die Hauptschlagworte der herrschenden Partei „Krieg ist Frieden", „Freiheit ist Sklaverei", „Unwissenheit ist Stärke" sind von dieser Art. In der erwähnten Szene zwischen Smith und O'Brien wird das Opfer der Folterung systematisch mit derartigem hilflos gemacht. „Does Big Brother exist?" „Of course he exists. The Party exists. Big Brother is the embodiment of the Party." „Does he exist in the same way as we exist?" „You do not exist", said O'Brien. Once again the sense of *helplessness* assailed him.

Damit kommen wir aber schon zu dem Kernstück dieser ganzen Propagandatechnik: Es gibt in der Welt von „1984" keine sichere Tatsache mehr. Gerade hier kommt unsere Welt den Zuständen von „1984" am nächsten. Orwell hat an einer anderen Stelle gelegentlich des spanischen Bürgerkriegs bemerkt: „1936 ist die Weltgeschichte zu Ende gegangen." Er meint damit, daß damals zum erstenmal die Berichterstattung jede Beziehung zur Wirklichkeit verlor. Er konnte sich selbst an Ort und Stelle überzeugen, daß die meisten berichteten Schlachten nicht stattgefunden hatten, wie ja heute auch die meisten Statistiken zur Poesie geworden sind. So kann in der Welt von „1984" alles Bluff sein, sogar die selbstverständlichsten Voraussetzungen des Daseins. Wird wirklich Krieg geführt? Da die Regierung ja alle Quellen der Information in der Hand hat, kann auch der Krieg eine Erfindung zu politischen Zwecken sein. Selbst die V2-Explosionen können Bluff zu diesem Zweck sein. Es gibt eine oppositionelle Untergrundbewegung, geführt von einer abtrünnigen Parteigröße, Emmanuel Goldstein. Gibt es sie wirklich? Existiert Goldstein wirklich? Oder ist das alles nur erfunden, weil jedes totalitäre System einen Sündenbock braucht, vor allem auch einen Sündenbock, den man für alle Fehlschläge verantwortlich machen kann? Es ist aber nun auch wieder nicht so, daß irgendjemand sicher wissen könnte, daß Goldstein und die Untergrundbewegung tatsächlich erfunden seien. Sondern alles ist unsicher, alles ist verwirrt, und diese alldurchdringende Atmosphäre der Unsicherheit und des Zweifels, die ja an sich die größte Qual des Geistes überhaupt ist, - wir sprechen im Deutschen von „Verzweiflung" - ist der Allmacht der Partei am günstigsten, denn sie lähmt alles Denken und damit alle Kritik. Wir haben diese Verwirrungstaktik schon in der Szene zwischen O'Brien und Smith kennengelernt. Besonders interessiert sich Orwell für eine Erscheinung der totalitären Systeme, die er die „Veränderbarkeit der Vergangenheit" nennt. Schon in „Animal Farm" weist er darauf hin, die ganze Erscheinung ist auch tatsächlich zuerst in Rußland aufgetreten. Die Geschichte wird nach den Erfordernissen der politischen Taktik laufend verändert. Sooft im England von „1984" eine Parteigröße liquidiert wird, werden sämtliche Bezugnahmen auf sie in früheren Zeitungen, Büchern und Dokumenten ausgemerzt, so daß sie tatsächlich nie existiert hat, wie es auch umgekehrt durch dasselbe Monopol aller Informationen möglich ist, Parteihelden zu erfinden, die aber dadurch für die Welt tatsächlich existieren. Man kann also durch dieses Monopol die Wirklichkeit einfach abschaffen und so am wirksamsten regieren. O'Brien spricht von collective solipsism. Es ist das eine etwas unheimliche Bestätigung einer heute oft zu hörenden Behauptung, daß alle diese Tendenzen in Europa mit den idealistischen philosophischen Systemen, vor allem mit Fichte, angefangen haben. Orwell wußte nichts von Fichte, aber er gibt mit diesem Ausdruck eine Karikatur - ich betone eine Karikatur - seines Systems.

Das ganze System der Abschaffung der Wirklichkeit hat noch drei Einzelzüge, in denen sich Orwells Kunst subtiler Analyse besonders bewährt. Zunächst: man experimentiert in „1984" mit einer neuen Sprache „newspeak", in der alle Begriffe ausgemerzt sind, die dem herrschenden System widersprechen, etwa der Begriff der Freiheit. Dadurch soll es unmöglich gemacht werden, gefährliche Gedanken auch nur zu denken, weil die Sprachformen dazu fehlen. Wir erhalten Proben von newspeak, Orwell karikiert hier das heutige Amtsenglisch, angeregt wurde er durch das heute aufgegebene Experiment des „Basic English". Viel wichtiger sind zwei andere Methoden, die mit den newspeak-Ausdrücken Doublethink und Crimestop eingeführt werden. Zunächst Doublethink: Für gewisse Zwecke und Situationen braucht man auch im Jahre 1984 die Wahrheit. Es mag etwa politisch opportun sein, zu glauben, daß die Erde flach sei. Aber für technische Zwecke, etwa der Luftfahrt, hat die Erde trotzdem weiter rund zu sein. Der Einzelne muß nun je nach Situation das eine und das andere glauben können, und zwar ganz ehrlich. Er muß sein Gedächtnis so disziplinieren, daß er jeweils ehrlich vergessen hat, die andere Meinung geglaubt zu haben. Es ist das also gelenkte Selbsttäuschung, etwas, was in allen westlichen Ländern, auch in Frankreich und Amerika, eine große Rolle spielt und uns leicht verwirrt, weil es bei uns eigentlich unbekannt ist. Es läßt sich das besonders in der Kriegspropaganda dieser Länder beobachten, wo dann auch der Gebildete plötzlich nur Schlechtes über den Feind weiß, oder doch einfach unwissend ist, aber wenn der Krieg aus ist, weiß er dann plötzlich alles richtig. Auch der politische Haß ist ja in den angelsächsischen Ländern vielfach etwas künstlich Erzeugtes und Gelenktes, nichts Spontanes, und auch das gibt es im Jahre 1984 mit dem täglichen „Two minutes hate" und „Hate Week".

Noch interessanter ist Crimestop. Es ist das der innere Konformismus der Parteimitglieder, wodurch es ihnen unmöglich gemacht wird, Kritik auch nur zu denken. Das Ziel ist das Erzeugen eines schlechten Gewissens, wodurch jeder kritische Gedanke schon im Keim erstickt wird, automatisch eine innere Kontrolle wirksam wird, die den Gedanken verhindert. Eine besonders feine Beobachtung ist dabei, daß das, was verboten und parteiwidrig ist, nie klar gesagt wird. Es gibt weder Gesetze noch klare Verbote. Sondern es herrscht ein ungreifbares Fluidum dessen, was *man* nicht tut. Es ist das der Terror des Unausgesprochenen, des conspiracy of silence, des Tabu. Er ist tatsächlich besonders wirksam, weil man nämlich nur das kritisieren kann, worüber man ein klares Bewußtsein hat, was man klar denkt. Ein Verbot, das einem nie klar zum Bewußtsein gekommen ist, kann man nicht kritisieren, ja man kann es eigentlich nicht einmal übertreten. Im Jahre 1984 heißt es daher: Orthodoxy is unconsciousness. Orwell sieht nun ungemein treffend, daß ein solches System gerade den denkenden Menschen in die größte Gefahr bringt. Denn nur der ganz gedankenlose, instinktiv handelnde Mensch absorbiert dieses ungreifbare Fluidum des Unerlaubten automatisch und befolgt es ebenso automatisch. Jeder, der irgendwie denkt, fängt an Böcke zu schießen, und damit wird er in dieser Gesellschaft zum Ketzer, er wird in seine chemischen Bestandteile aufgelöst und diese in die Stratosphäre geschossen. Es wird uns an mehreren Figuren des Romans ungemein anschaulich geschildert, wie sich nur der gedankenlose Durchschnitt in dieses System mit voller Sicherheit einfügt....

Orwells künstlerische Aufgabe ist es nun, die Reaktionen menschlicher Wesen auf das Milieu von „1984" darzustellen. Auch in diesem Roman ist der Held ein lebendig wirkender Charakter. Dazu gelingt es ihm hier zum erstenmal, auch außerhalb des Helden einen glaubhaften Charakter zu zeichnen und sich insoweit in fremdes Innenleben einzufühlen. Es ist das die Figur der Julia, der Geliebten des Helden. Sie soll zeigen, wie der unintellektuelle, aber normal empfindende Alltagsmensch in einem solchen System weiterexistiert. Entscheidend ist die virtuose Heuchelei, mit der nach außen die vollkommene Parteigenossin gespielt wird. Hinter dieser Fassade wird das Leben genossen, wo sich eine Gelegenheit bietet, sie liebt, sie handelt auf dem schwarzen Markt und stiehlt genießbare Lebensmittel (der Kantinenfraß ist nicht genießbar); dabei entwickelt sie einen praktischen Instinkt im Nichterwischtwerden, dessen nur ganz unintellektuelle Leute fähig sind. Alles ist an ihr derb, von der Erotik bis zu den Schimpfworten über die Parteibonzen, die man selbst im Zeitalter James Joyces nicht drucken kann. Aber sie ist noch ein Mensch, und menschlicher Gefühle und treuer Liebe fähig.

Der Hauptinhalt des Werkes ist die Reaktion eines denkenden Menschen, des Helden, auf die totale Abschaffung der Wirklichkeit durch die Parteipropaganda. Entscheidend ist hier, daß in einem Milieu, wo ständig dem elementarsten Augenschein widersprochen und alles mit Absicht unsicher gemacht wird, die primitivsten Denkprozesse unmöglich werden....

Die Partei hat die Vergangenheit verfälscht, sie lehrt ein groteskes Bild des Lebens vor der Revolution. Der Held hat auch schon vor der Revolution gelebt, aber es wird ihm angesichts dieser allgegenwärtigen Geschichtsfälschung unmöglich, sich an irgendetwas Greifbares und Verständliches zu erinnern. Er erinnert sich immer nur an Einzelbilder und Einzelszenen, er kann keine Begriffe bilden, durch die er einst ein verständliches Bild der Vergangenheit gewänne. Er versucht einen alten Mann aus dem Volk auszufragen, der den größeren Teil seines Lebens vor der Revolution verbracht hat. Aber auch von ihm erfährt er nur alberne Details. Man trug Zylinder bei Beerdigungen und am Tag des Bootsrennens hat er sich einmal mit einem betrunkenen Angehörigen der Gentleman-Klasse geprügelt. Es fehlen die Begriffe. Dadurch, daß man entweder überhaupt keine Begriffe oder nur falsche Begriffe lehrt, schafft man die Wirklichkeit ab. Auch in Brave New World gibt man etwa den jungen Studenten der Biologie möglichst wenig „generalities", denn sie könnten zu Denken und zu Kritik führen, „Laubsägebastler und Briefmarkensammler bilden das Rückgrat der Gesellschaft". Es zeigt das alles auch, wie die heutige Allmacht der Propaganda nicht nur psychologische, sondern auch logische Probleme aufgibt, die zu durchdenken sich lohnen würde.

Es fällt dem Helden aber auch schwer, auch nur *eine* Propagandalüge wirklich festzunageln. Einmal ist ihm dies gelungen. Er erinnert sich auch deutlich, daß es schon vor der Revolution Flugzeuge gegeben habe, während die Partei behauptet, sie erfunden zu haben. Aber sonst hat er nur das vage und quälende Gefühl, daß alles irgendwie nicht stimmt. Einem absoluten Monopol der Information gegenüber ist es fast unmöglich, auch nur eine Behauptung zu widerlegen, auch nur eine Zahl zu berichtigen. Gerade dieses Erlebnis hat man auch in unserer Welt. Durch die bewußte Verwirrung des Elementarsten wird überhaupt alles unsicher. Der Held weiß nicht bestimmt, ob man wirklich 1984 schreibt und ob London vor der Revolution schon London hieß.

Die Folge ist vollkommene innere Isolierung (man vergleiche T.S. Eliot und Graham Greene). Sie macht die Höllenqual vollkommen. Jeder in der Umgebung redet alles nach, was ihm vorgeredet wird, keiner scheint zu merken, daß hier etwas nicht in Ordnung ist. Man ist wahrscheinlich in einer „Einerminderheit". Das ist aber nichts anderes als der Wahnsinn. Selbst wenn man als einziger recht hat und alle anderen Leute unrecht haben, fällt es doch schwer, daran mit Sicherheit zu glauben. Man kommt sich vor wie ein Verrückter. Jahrelang läuft in dem Helden ein ruheloser, endloser innerer Monolog ab. Aber schließlich droht auch dieser Monolog unmöglich zu werden, man verliert die Fähigkeit, zu denken. Es bleibt nur noch ein blindes Umsichschlagen. Die Welt ist kein verständliches Gefüge mehr. Er schreibt sinnlose Schimpfworte in sein Tagebuch.

Ein anderes ist das Aufhören aller menschlichen Empfindungen. Kinder verraten ihre Eltern, es gibt keine Treue, keine Freundschaft und keine Liebe zwischen den Geschlechtern. Es gibt allein Haß und Ehrgeiz, und zwar politischen, kollektiven, nationalen Haß und Ehrgeiz. „Today there were fear, hatred, and pain, but no dignity of emotion, no deep and complex sorrows." „No emotion was pure, because everything was mixed up with fear and hatred." Man muß leider hinzusetzen, daß auch dies keine Folge der totalen Politisierung ist, sondern ihr vorhergegangen ist und sie erst erzeugt. hat. Man kann in der Literatur schon in den Jahrzehnten vorher das Absterben der höheren, moralischen Empfindungen verfolgen, und zwar wieder in genauer Parallele mit der Heraufkunft der Ismen, also seit etwa 1910. Schon in Virginia Woolfs Frühromanen sind die Menschen so kompliziert, daß sie nicht mehr sicher wissen, ob sie überhaupt etwas fühlen, entsprechend sind sie zu keiner wahren Liebe und Treue mehr fähig, es reicht nicht einmal mehr zum Verloben. In den zwanziger Jahren war man noch weiter gekommen. Die Intellektuellen Huxleys haben nur mehr *ein* Gefühl, die Qual darüber, daß sie nichts mehr fühlen können. Das Ende konnte nur der totalitäre Haß sein. Aber auch er ist nicht eigentlich spontan, sondern künstlich durch Propaganda aufgeputscht, die Menschen sind eben in sich kaum mehr etwas, sie sind Automaten geworden. So bemerkt auch Orwell, daß der politische Haß der heutigen Masse eine „abstract, undefined emotion" sei, eine allgemeine Rabiatheit, die man daher willkürlich auf jedes Objekt lenken könne; es ist wieder nur ein blindes Umsichschlagen. Wie es die Partei befiehlt, wird heute dieses Reich und morgen ein anderes gehaßt, ebenso heute eine Parteigröße angebetet und morgen nach ihrem Sturz verdammt...

Ein letztes ist die Fragwürdigkeit aller Hoffnungen. Der Held versucht gegen die Herrschaft der Partei zu arbeiten. Aber er weiß, daß jedenfall *er* die Früchte seiner Arbeit nicht mehr sehen wird. Die gegenwärtige Generation ist geopfert, sie ist die Generation der Toten. Vielleicht gibt es Möglichkeiten „den Bezirk der Vernunft nach und nach etwas auszudehnen" durch Erziehungsarbeit im engsten Kreis. Selbst wenn etwas erreicht wird, wird sein Name später unbekannt sein. Der Held hofft in O'Brien einen Gesinnungsgenossen gefunden zu haben, aber dieser entpuppt sich als Provokateur.

Die Hauptanklage gegen das System ist überhaupt moralischer Art. Jede Tyrannei demoralisiert die Menschen. Kinder denunzieren ihre Eltern, und in der Angst vor der Folter opfern die Menschen Frau und Kind, der Held verrät seine Geliebte. Alles ist Verrat, O'Brien ist ein Provokateur. Schon Joseph Conrad in Under Western Eyes hat nur *eine* Anklage gegen die russische Autokratie, daß sie die Menschen zu Verrätern, Feiglingen und Denunzianten mache, und die zaristische Autokratie war sicher die schwächlichste, verächtlichste und letztlich wohlmeinendste aller Tyranneien. Also auch bei Orwell dasselbe Wiedererwachen des moralischen Organs, wie bei allen anderen großen Namen der Zeit nach 1930. Man erinnere sich an die Rolle des Verrats bei Graham Greene. Auch Orwell erscheint eine solche Welt als Hölle, was bei ihm um so bemerkenswerter ist, als er keinen religiösen Glauben im kirchlichen Sinn vertritt. O'Briens entsetzliche Utopie des Schmerzes ist derselbe Satanismus, den wir bereits aus Graham Greene und Huxley kennen, nur mit dem Unterschied, daß sich Orwell von dem unangenehmen Schillern dieser Schriftsteller in eine versteckte Sympathie mit dem Satanischen frei hält. Auch für Orwell ist daher, genau wie für Graham Greene, eine solche Welt abstoßend und ekelhaft. Das ganze Werk ist voll Bildern des Ekelhaften, vom verstopften Ausguß über den Kantinenfraß bis zu den nicht funktionierenden Toiletten. Auch der Ekel vor dem Sexuellen erscheint wieder, wenigstens zunächst, bis der Held die treue Liebe kennenlernt. Die Partei verfolgt den Geschlechtstrieb als solchen, weil er eine Quelle der Liebe werden könnte.

Man muß hier noch an eines erinnern: es gibt kaum ein Erlebnis Orwells, und kaum einen Zug seiner Schreckensutopie, den man nicht schon bei den Meistern um 1900, etwa Joseph Conrad und Chesterton, nachweisen könnte. Schon damals die Qualen der Auflösung des Ordnungsgefüges der Wirklichkeit, schon damals das Erlebnis der völligen Isolierung und der Undurchsichtigkeit der Welt, der Sinnlosigkeit des Lebens und der Daseinsangst. Aber um 1900 gab es kein totalitäres System, das das alles künstlich erzeugte. Es illustriert das, wie sehr die Schrecken unserer Zeit in einer geistigen Verfassung wurzeln, die schon viel früher da war, als die äußeren Zustände noch grundverschieden waren. Neu gegenüber der Zeit um 1900 ist eher etwas Positives: der leidenschaftliche innere Widerstand gegen das alles, der neuerwachte Sinn für Moral und Sachlichkeit. Verbunden damit ist auch bei Orwell, wie bei T.S. Eliot, eine neue Intellektualität. Nichts mehr von der traumhaften Irrationalität der Zeit um 1900, alles ist durchdrungen von einem überwachen, ruhelos fragenden Denken. Dadurch unterscheidet sich auch Orwell von seinen engsten literarischen Vorbildern. Denn man kann im englischen Roman der hundert Jahre von 1850 bis 1950 deutlich eine Traditionslinie feststellen, die ich die national-englische Tradition nennen möchte. Sie reicht von Dickens über H.G. Wells zu Orwell; Arnold Bennett steht in loserem Zusammenhang mit ihr. Wir wissen, daß H.G.Wells Dickens nachgeahmt hat und wie sehr Wells das erklärte Vorbild Orwells war, der aber auch ein Essay über Dickens geschrieben hat. Allen gemeinsam ist die einzigartige Kunst des scharfgesehenen Details. Dazu kommt der Humor, der auch bei Orwell nicht fehlt, es ist nur ein durch die Erlebnisse unserer Welt sauer gewordener Humor. Allen dreien gemeinsam ist auch das leidenschaftliche Interesse an praktischen Tagesfragen und die Leidenschaft der Reform, auch das erscheint spezifisch englisch. Aber nun das Neue gegenüber Dickens und Wells: während diese das Detail fast passiv absorbieren, ist Orwell der bewußte Beobachter. Er konzentriert sich voll Energie auf jene Einzelheiten. Hierin beweist sich die neue Intellektualität.

[L.Borinski: Meister des englischen Romans.
Heidelberg: Quelle u. Meyer 1963, S. 268 ff.]

VII. Bibliographischer Hinweis

Alldritt, Keith: George Orwells „1984" (aus: K. A. The Making of George Orwell. An Essay in Literary History. London 1969) (in: Englische Literatur. Interpretationen. Bd. IX. Hrsg. von Willi Erzgräber. Frankfurt a.M. und Hamburg: Fischer Bücherei 1970 S. 190-219)

Borinski, Ludwig: Meister des modernen englischen Romans. Dickens - Galsworthy - H.G. Wells - Joseph Conrad - Virginia Woolf - Aldous Huxley - Graham Greene - George Orwell. Heidelberg 1963

Gerber, Richard: Utopian Fantasy. A Study of English Utopian Fiction since the End of the Nineteenth Century. London 1955

Hollis, Christopher: A –Study of George Orwell. The Man and his Works. London 1956

Krause, Gerd: George Orwells Utopie „Nineteen Eighty-Four". Ein Beitrag zur Würdigung des Dichters und politischen Kritikers. In: Die Neueren Sprachen 1954, S. 529-542

Oxley, B.T.: George Orwell (Literature in Perspective). London 1967

Woodcock, George: The Crystal Spirit. A Study of George Orwell. London 1967

Die Zitate stammen aus der deutschen Übersetzung George Orwell, 1984–Ullstein TB 3253

Chemie

Th. Bokorny

Chemie-Gerüst

Wegweiser und Ratgeber für Schüler und Abiturienten.
13. neubearbeitete Auflage
128 Seiten

Bestell-Nr. 0674-2

Dieses kurze, in Tabellenform abgefaßte, Vademecum der Chemie soll kein Lehrbuch oder Lexikon sein, sondern die großen Linien und wissenswerten Teile der modernen Chemie übersichtlich klar und einprägsam veranschaulichen und in Erinnerung bringen.

Thomas Neubert

Chemische Formelsammlung 9.-10. Klasse

36 Seiten

Bestell.-Nr. 0685-8

Hier wurden die wesentlichen Formeln mit Ihren Anwendungsmöglichkeiten aufgezeichnet. Für den Schulunterricht und für häusliches Arbeiten ein wichtiges Hilfsmittel – echte Lernhilfe!

Deutsch

Christian Floto

Basisinterpretationen für den Literatur- und Deutschunterricht I

-Ausgewählte Stücke und Prosa von Shakespeare bis Ionesco-

96 Seiten 2. Auflage

Bestell-Nr. 0589-4
Nach einer kurzen Skizzierung der Literaturepoche werden anhand häufig gelesener Stücke Basisinterpretationen gegeben. Alle Beispiele entstanden im Unterricht der Sekundarstufen.
Folgende Stücke werden u.a. behandelt:
Shakespeare, Hamlet - Lessing, Nathan - Schiller, Wallenstein - Goethe, Iphigenie - Kleist, Marquise von O/Die Verlobung ... - Fontane, Effi Briest - Dostojewski, Der Spieler - Hauptmann, Rose Bernd -Mann, Tonio Kröger - Döblin, Berlin Alexanderplatz - Kafka, Der Prozeß - Brecht, Sezuan - Kipphardt, Oppenheimer - Frisch, Homo Faber - Frisch, Biedermann u. Br. - Ionesco, Die Stühle.

Bernd Matzkowski

Basisinterpretationen für den Literatur- und Deutschunterricht III

Untersuchungen und didaktische Hinweise zum Volksbuch Till Eulenspiegel.

Hinweise auf den Schelmenroman.

80 Seiten

Bestell-Nr. 0598-3

Sachanalyse - Ausgewählte Historien - Motivquerverbindungen zu Schelmenromanen des 16. und 17. Jahrhunderts - Vorschläge für die Behandlung im Unterricht u.a.

Bernd Matzkowski/Ernst Scott

Basisinterpretationen für den Literatur- und Deutschunterricht IV

36 moderne deutsche Kurzgeschichten mit Arbeitsfragen.

112 Seiten

Bestell-Nr. 0599-1

Interpretation der Kurzgeschichten **mit Arbeitsfragen** zu
ARBEITSTEXTE FÜR DEN UNTERRICHT (Reclam)
Deutsche Kurzgeschichten 11.-13. Schuljahr und Pratz/Tiel:
NEUE DEUTSCHE KURZGESCHICHTEN
(Deisterweg)

Karin Cohrs/Martin H. Ludwig

Basisinterpretationen für den Literatur- und Deutschunterricht V

Romane und Novellen des 19. Jahrh.

120 Seiten

Bestell-Nr. 0631-9

Aus dem Inhalt:
Einleitung, Politik und Kultur des 19. Jahrhunderts - Interpretationen ausgewählter Romane und Novellen.

Kurzbiographie des Dichters - Entstehung des Werkes - Inhalt - Charaktere - Situationen - Erschließung des Textes (stilistische Besonderheiten, literaturhistorischer Rahmen, gesellschaftliche und politische Bezüge usw.). Arbeitsfragen.
Hoffmann, Das Fräulein von Scuderi - Kleist, Das Erdbeben in Chili - Mörike, Maler Nolten - Gotthelf, Wie Uli der Knecht glücklich wird - Storm, Immensee - Droste-Hülshoff, Die Judenbuche - Raabe, Die Akten des Vogelgesangs - Fontane, Der Stechlin - Eichendorff, Aus dem Leben eines Taugenichts - Keller, Die drei gerechten Kammacher - Storm, Hans und Heinz Kirch - Raabe, Die schwarze Galeere - Fontane, Schach von Wuthenow - Hauptmann, Bahnwärter Thiel

Rüdiger Giese/Christian Floto

Basisinterpretationen für den Literatur- und Deutschunterricht VI

Romane und Novellen aus dem 20.Jahrhundert

112 Seiten

Bestell-Nr. 0473-1

Schnitzler, Leutnant Gustl - Mann, Tod in Venedig - Kafka, Die Verwandlung - Hesse, Der Steppenwolf - Kästner, Fabian - Mann, Mephisto - Zweig, Schachnovelle - Böll, Haus ohne Hüter - Wolf, Der geteilte Himmel - Kempowski, Tadellöser und Wolff

Bausteine - Deutsch

stellt detaillierte Unterrichtsstunden zur Behandlung unterschiedlichster Texte für die Sekundarstufen I und II vor.

Anordnung der Stunden als Sequenzen - Texte und Textanalysen - Didaktisch-methodische Arbeitshinweise - praktisch zu handhaben.

Angesprochen sind Lehrer und Lehramtsanwärter aller Schulformen.

Autoren sind: Praktiker - Ausbilder - Fachwissenschaftler aus allen Schulformen.

Bausteine Lyrik I

Spiel mit Sprache/Lyrischer Humor/Konkrete Poesie

Bestell-Nr. 0650-5

Bausteine Lyrik II

Balladen/Modernes Erzählgedicht/Chanson/Politische Lyrik/Thema- und Motivverwandtschaft.
Bestell-Nr. 0651-3

Gerhart Hauptmann: Die Weber
Bestell-Nr. 0652-1

Max Frisch: Homo Faber
Bestell-Nr. 0653-X

Theodor Storm: Pole Poppenspäler
Bestell-Nr. 0654-8

Albert Camus: Die Pest
Bestell-Nr. 0655-6

George Orwell: 1984/Animal Farm
Bestell-Nr. 0656-4

Thomas Mann: Tonio Kröger
Bestell-Nr. 0657-2

Goethe-Plenzdorf: Werther
Bestell-Nr. 0658-0

Theodor Storm: Schimmelreiter
Bestell-Nr. 0659-9

Gotth. E. Lessing: Nathan der Weise
Bestell-Nr. 0660-2

Fr. Dürrenmatt:
Der Richter und sein Henker
Bestell-Nr. 0661-0

Joh. W. von Goethe: Faust I/II
Bestell-Nr. 0662-9

Jos. v. Eichendorff: Taugenichts
Bestell-Nr. 0663-7

Hermann Hesse: Der Steppenwolf
Bestell-Nr. 0664-5

Franz Kafka: Kurze Prosaformen
Bestell-Nr. 0665-3

Joh. Wolfg. von Goethe:
Iphigenie auf Tauris
Bestell-Nr. 0666-1

Bert Brecht: Leben des Galilei
Bestell-Nr. 0667-X

Annette von Droste-Hülshoff:
Die Judenbuche
Bestell.-Nr. 0668-8

Dichtung in Theorie und Praxis

Texte für den Unterricht

Mit dieser Serie von Einzelheften legt der BANGE-VERLAG Längs- und Querschnitte durch Dichtungs-(Literatur) Gattungen für die Sekundarstufen vor.
Jeder Band ist - wie der Reihentitel bereits aussagt - in die Teile Theorie und Praxis gegliedert; darüber hinaus werden jeweils zahlreiche Texte geboten, die den Gliederungsstellen zugeordnet sind. Ein Teil Arbeitsanweisungen schließt sich an, der entweder Leitfragen für die einzelnen Abschnitte oder übergeordnete oder beides bringt.

Wir hoffen bei der Auswahl der Texte eine „ausgewogene Linie" eingehalten und die Bände für die Benutzer wirklich brauchbar gestaltet zu haben.

Bestell-Nr.

450 Die Lyrik
451 Die Ballade
452 Das Drama
453 Kriminalliteratur
454 Die Novelle
455 Der Roman
456 Kurzprosa
(Kurzgeschichte, Kalendergeschichte/ Skizze/Anekdote)
457 Die Fabel
458 Der Gebrauchstext
459 Das Hörspiel
460 Trivialliteratur
461 Die Parabel
462 Die politische Rede
463 Deutsche Lustspiele und Komödien

Weitere Bände in Vorbereitung

Egon Ecker

Wie interpretiere ich Novellen und Romane?

Methoden und Beispiele

180 Seiten - 3. veränderte Auflage

Bestell-Nr. 0686-6

Notizen zur Betrachtung eines dichterischen Textes - zur Technik der Interpretation.

Beispiele:
Keller, Drei gerechte Kammacher

Novellen:
Büchner, Lenz - Storm, Schimmelreiter - Andres, Die Vermummten

Romane:
Mann, Königl. Hoheit - Frisch, Homo Faber - Andres, Knabe im Brunnen - Andersch, Sansibar.
Zur Theorie der Novelle - Zur Theorie des Romans - Gliederungsvorschläge - Themenvorschläge - Literaturverzeichnis

Epochen deutscher Literatur

Kurzgefaßte Abhandlung für den Deutschunterricht an weiterführenden Schulen.

Bestell.-Nr. 0480
Die deutsche Romantik I
Frühromantik

Bestell.-Nr. 0481
Realismus des 19. u. 20. Jahrhunderts

Bestell.-Nr. 0482
Impressionismus und Expressionismus

Bestell.-Nr. 0483
Sturm und Drang

Bestell.-Nr. 0484
Die deutsche Romantik II
Spätromantik

Bestell.-Nr. 0485
Die Deutsche Klassik

Bestell.-Nr. 0486
Von der Aufklärung zum Sturm und Drang
Literaturgeschichtliche Querschnitte

Bestell.-Nr. 0486
Deutsche Dichtung des Barock

Textanalyse 1
Umgang mit fiktionalen (literarischen) Texten

152 Seiten

Bestell-Nr. 0641-6

Aus dem Inhalt:
I. Der Begriff des fiktionalen Textes: Das "Ästhetische" der Literatur - Betrachtungsweisen von Literatur - Literarische Wertung.

II. Probleme der Interpretation: Der Prozeß des "Verstehens" - Methoden der Literaturinterpretation - Arbeitstechniken (Textwiedergabe / Texterarbeitung / Texterörterung).

III. Beispiele für Interpretationen: Epische Texte - Dramatische Texte - Gedichte.
IV. Massenliteratur.

Textanalyse 2
Umgang mit nichtfiktionalen (Gebrauchs-)Texten

144 Seiten

Bestell-Nr. 0642-4

Aus dem Inhalt:
I. Der Textbegriff.
II. Eine Typologie von Gebrauchstexten.
III. Bedingungen der Textanalyse.
IV. Methoden der Textanalyse: Textwiedergabe - Textbeschreibung - Texterörterung.
V. Beispiele für Textanalysen: Darstellende Texte (Sachtexte/Wissenschaftliche Texte) - Werbende Texte (Werbetexte/Politische Reden) - Gesetzestexte.

Gebrauchstextanalysen

-Methoden und Beispiele-

2. Auflage, 80 Seiten

Bestell-Nr. 0588-6

Herausgegeben von einem Arbeitskreis der Pädagogischen Akademie Zams.

Aus dem Inhalt:
I. Warum Textuntersuchung? Begriffserklärungen
II. Textanalyse - Textkritik
Vorgestellt werden nur drei Möglichkeiten einer Analyse:
a) Kommunikationstheoretischer Aspekt
b) stilistischer Aspekt
c) soziologischer Aspekt
III. Gebrauchstexte verschiedener Art, die auf o.a. Aspekte hin untersucht, bzw. kritisiert wurden.

Ordnung der Texte nach Themenkreisen:
Werbetexte - Ferienprospekte - Kinoprogramme - Diverse Jugendzeitschriften (Bravo u.a.) - Illustrierte und Frauenzeitschriften (Frau im Spiegel u.a.) - Schullesebücher: Politische Beiträge/Kulturelle Beiträge - Literarische Texte.

Robert Hippe
Mündliche und schriftliche Kommunikation

3. Aufl., 104 Seiten

Bestell-Nr. 0563-0

Sprache - Sprache und Verständigung
Grundbegriffe der Kommunikation - Die drei Dimensionen des Zeichens - Verschiedene Arten von Zeichen - Sprache und Norm
Die Rede - Formen der Rede - Rhetorische Figuren - Analyse vorgegebener Reden - Redeanleitungen, - analysen und - sammlungen - Der Weg zur eigenen Rede - Exkurs 1: Kodierungsebenen - Exkurs 2: Die Sprache der Werbung als appellative Rede
Das Referat - Verfahrensschritte - Beurteilungskriterien - Geeignete Stoffe zur Auswahl
Die Diskussion - Analyse einer vorgegebenen Diskussion - Hinweise auf Vorbereitung, Durchführung und Zielsetzung einer Diskussion - Der Diskussionsbeitrag im sogenannten "Fünfsatz" - Die Debatte - Bericht(erstattung), Kolloquium, Vorlesung
Das Protokoll - Die Arten des Protokolls - Kriterien für die Beurteilung von Stundenprotokollen - Analyse von Protokollen
Die Inhaltsangabe - Merksätze zur Abfassung - Verfahrensschritte - Analyse von Inhaltsangaben - Geeignete Stoffe zur Auswahl
Die Erörterung - Merksätze zur Abfassung - Analyse von Erörterungen - Geeignete Stoffe zur Auswahl.

Robert Hippe
Umgang mit Literatur

2. Auflage, 116 Seiten

Bestell-Nr. 0564-9

Definition von Literatur - Grundformen von Literatur - Merkmale der Lyrik - Merkmale der Epik - Merkmale der Dramatik - Formprobleme der Literatur - Aufbauprobleme in der Literatur - Arten der Interpretation - Was ist Interpretation - Literatur und Wirklichkeit u.v.a.

Robert Hippe
Sprach- und Textbetrachtung

132 Seiten

Bestell-Nr. 0569-X

Sprachbetrachtung

Historisch - Theorien über die Entstehung der Sprache(n) - Die indogermanische (idg.) Sprachfamilie - Die geschichtliche Entwicklung des Hochdeutschen - Lehn- und Fremdwörter - Sprachrätsel und Sprachspiele - Auswahl-Bibliographie.
Systematisch - Grammatik - die traditionelle Grammatik - Die generative Transformationsgrammatik - Die strukturelle Grammatik.

Textbetrachtung

Allgemeines - Definition von Text - Textsorten - Beispiele - Übungen - Auflösung der Rätsel.

Robert Hippe
Kurzgefaßte deutsche Grammatik und Zeichensetzung

9. Auflage, 72 Seiten

Bestell-Nr. 0515-0

Ein Abriß der deutschen Grammatik systematisch und fundamental dargeboten; beginnend mit den Wortarten, Betrachtung der Satzteile und Nebensätze bis zu den Satzzeichen, Beispiele durchsetzen das Ganze und Lösungen sollen Fehler auffinden helfen. Ein nützliches, in Tausenden von Exemplaren bewährtes, Übungs- und Nachhilfebuch.

Robert Hippe

Interpretationen zu 62 ausgewählten motivgleichen Gedichten

mit vollständigen Gedichtstexten
·6. Auflage, 120 Seiten

Bestell-Nr. 0587-7

Der Verfasser hat die wiedergegebenen Interpretationen und Auslegungen in langen Gesprächen und Diskussionen mit Oberprimanern erarbeitet. Die hier angebotenen Deutungsversuche erheben keinen Anspruch auf die einzig möglichen oder richtigen, sondern sollen Ausgangspunkte für Weiterentwicklungen und Erarbeitungen sein.
Aus dem Inhalt: Themen wie Frühling - Herbst - Abend und Nacht - Brunnen - Liebe - Tod - Dichtung u.v.a.

Robert Hippe

Interpretationen zu 50 modernen Gedichten

mit vollständigen Gedichtstexten
4. Auflage, 136 Seiten

Bestell-Nr. 0597-5

Der vorliegende Band verspricht Interpretationshilfe und Deutungsversuche - in unterschiedlicher Dichte und Ausführlichkeit - für 50 moderne Gedichte. Materialien und Auswahlbibliographie geben den Interessenten Hilfen für den Deutsch- und Literaturunterricht. Für den Lehrer eine echte Bereicherung zur Vorbereitung des Unterrichts.

Aus dem Inhalt: Lasker-Schüler - Hesse - Carossa - Benn - Britting - Brecht - Eich - Kaschnitz - Huchel - Kästner - Bachmann - Piontek - Celan - Härtling - Reinig - Grass - Enzensberger u.v.a.

Robert Hippe

Kurzgefaßte deutsche Rechtschreiblehre

64 Seiten

Bestell-Nr. 0545-2

Im ersten Teil dieses Buches findet man die wichtigsten Regeln der deutschen Rechtschreibung.

Der zweite Teil besteht aus 36 Übungstexten zu diesen Regeln zum Erlernen, Einprägen und Wiederholen. Die Lösungen am Schluß des Bandes dienen zur Kontrolle.

Interpretationen motivgleicher Gedichte in Themengruppen

mit vollständigen Gedichtstexten

Band 1:
Edgar Neis

Der Mond in der deutschen Lyrik

80 Seiten

Bestell-Nr. 0620-3

Arp - Bischoff - Borchert - Boretto - Britting - Brokkes - Bürger - Claudius - Däubler - Droste-Hülshoff - Geibel - Gleim - Goethe - Härtling - Heine - Holz - Klopstock - Krähenbühl - Krolow - Lange - Lehmann - Leonhard - Lichtenstein - zur Linde - Maurer - Morgenstern - Rasche - Rühmkorf - v. Stollberg - Trakl - v.d. Vring - Werfel - Wiens.

Band 2:
Edgar Neis

Politisch-soziale Zeitgedichte

2. Auflage, 112 Seiten

Bestell-Nr. 0621-1

Bachmann - Biermann - Brecht - Bürger - Celan - Dehmel - Domin - Enzensberger - Le Fort - Freiligrath - Gryphius - Hädecke - Hagelstange - Heine - Herwegh - Keller - Kerr - Logau - Marti - Platen - Sabias - Salis - Schenkendorf - Schiller - Schreiber - Schubart - Tucholsky - W.v.d. Vogelweide - Weitbrecht - Wildenbruch.

Band 3:
Edgar Neis

Der Krieg im deutschen Gedicht

2. Auflage, 112 Seiten

Bestell-Nr. 0622-X

Bender - Benn - Biermann - Binding - Brambach - Brecht - Claudius - Dehmel - Eich - Flex - Le Fort - Fried - Gleim - Goethe - Hakel - Heise - Heym - Hölderlin - Höllerer - Huchel - Jahn - Jean Paul - Kaschnitz - Kästner - Körner - Leib - Lersch - Leonhard - Liliencron - Logau - Menzel - Mosen- Mühsam - Münchhausen - Neumann - Nick - W. Paul - Sachs - Schiller - Schnurre - Schuhmann - Stramm - Toller - Toussel - Trakl - Tumler - Vogel - Wiechert.

Band 5:
Robert Hippe

Der Tod im deutschen Gedicht

2. Auflage, 80 Seiten

Bestell-Nr. 0624-6

Bächler - Benn - Brecht - Celan - Claudius - Droste-Hülshoff - Eich - Goethe - Gryphius - Hesse - Heym - Hofmannsthal - Hofmannswaldau - Höllerer - Kaltneker - Keller - Klopstock - C.F. Meyer - Mörike - Nick - Nietzsche - Novalis - Rilke - Schiller - Storm - Stramm - Trakl - Uhland.

Band 6:
Robert Hippe

Die Jahreszeiten im deutschen Gedicht

2. Auflage, 80 Seiten

Bestell-Nr. 0625-4

Benn - Britting - Claudius - George - Gerhardt - Goes - Goethe - Hagedorn - Heine - Hebbel - Hesse - Hofmannsthal - Hölderlin - Hölty - Huchel - Lenau - Logau - C.F. Meyer - Mörike - Rilke - Stadler - Storm - Trakl - Uhland - W.v.d. Vogelweide.

Band 7:
Robert Hippe

Deutsche politische Gedichte

2. Auflage 68 Seiten

Bestell-Nr. 0626-2

Baumann - Biermann - Becher - Below - Brecht - Delius - Enzensberger - Fried - Fürnberg - Gomringer - Grass - Heine - Hoffmann v. Fallersleben - Holzapfel - Karsunke - Kunert - Luckhardt - Morawietz - Pottier - Radin - v. Saar - Scherchen - Schneckenburger - U. Schmidt - Schuhmann- Vesper - Walraff - Weinheber - Wessel - Zimmerling.

Band 8:

Edgar Neis

Die Welt der Arbeit im deutschen Gedicht

100 Seiten

Bestell-Nr. 0627-0

Barthel - Bartock - Billinger - Brambach - Bröger - Chamisso - Dehmel - Dortu - Engelke - Freiligrath - Grisar - Heine - Herwegh - Jünger - Krille - Lersch - Lessen - Naumann - Petzold - Pfau - Piontek - Rilke - Schreiber - Seidel - Weerth - Weinheber - Wieprecht - Winckler - Zech.

Band 9:

Edgar Neis

Deutsche Tiergedichte

136 Seiten

Bestell-Nr. 0628-9

Barth - Bergengruen - Billinger - Boretto - Brecht - Britting - Busch - Claes - Dauthendey - Dehmel - Domin - Droste-Hülshoff - Eggebrecht - Eich - Freiligrath - Gellert - Gleim - Goethe - Grillparzer - Groth - Härtling - Hagedorn - Haushofer - Hausmann - Hebbel - Heine - Hesse - Huchel - F.G. Jünger - W. Lehmann - Liliencron - A.G. Kästner - Keller - Kolmar - Krolow - C.F. Meyer - Morgenstern - Pfeffel - Piontek - Rilke - Ringelnatz - Eugen Roth - N. Sachs - Schaefer - Trakl - Vring - Weinheber - Wiedner - Zachariae - Zuckmayer.

Interpretationen zeitgenössischer deutscher Kurzgeschichten

Karl Brinkmann

4. Auflage, 80 Seiten

Bestell-Nr. 0602-5

Band 3: Aichinger, Plakat - Alverdes, Die dritte Kerze - Böll, Damals in Odessa / Mann mit den Messern / Lohengrins Tod / Wanderer kommst du nach Spa ... - Borchert, Die lange, lange Straße lang / Generation ohne Abschied / Lesebuchgeschichten - Eisenreich, Ein Augenblick der Liebe - Gaiser, Brand im Weinberg / Du sollst nicht stehlen - Langgässer, Die zweite Dido / Glück haben - Lenz, Jäger des Spottes - Schnurre, Die Tat - Spang, Seine große Chance - Spervogel, Hechtkönig - Wiechert, Hauptmann v. Kapernaum / Hirtenknabe.

Martin Pfeifer

4. Auflage, 84 Seiten

Bestell-Nr. 0603-3

Band 4: Aichinger, Hauslehrer / Nichts und das Boot - Bender, Die Wölfe kommen zurück - Böll, Über die Brücke / Es wird etwas geschehen - Brecht, Mantel des Ketzers - Britting, Brudermord im Altwasser - Eich, Züge im Nebel - Ernst, Das zweite Gesicht - Fallada, Lieber Hoppepoppel - Franck, Taliter - Hesse, Beichtvater / Bettler - Johnson, Jonas zum Beispiel - Kusenberg, Eine ernste Geschichte - Langgässer, Saisonbeginn - Le Fort, Frau des Pilatus - Meckauer, Bergschmiede - Pohl, Yannis letzter Schwur - Rinser, David - Schäfer, Hirtenknabe - Schallück, Der Tod hat Verspätung - v. Scholz, Das Inwendige - Walser, Ein schöner Sieg - Weisenborn, Aussage.

Edgar Neis

3. Auflage, 56 Seiten

Bestell-Nr. 0604-1

Band 5: Borges, Das geheime Wunder - Calderón, Invasion - Callaghan, ein sauberes Hemd - Campos, Solidarität - Carson, Ein Mädchen aus Barcelona - Hemingway, Die Killer - Huxley, Schminke - Joyce, Eveline - Katajew, Die Messer - Mansfield, Für sechs Pence Erziehung - Manzoni, Die Repräsentiertasse - Olescha, Aldebaran - Saroyan, Vom Onkel des Barbiers, dem von einem Zirkustiger der Kopf abgebissen wurde - Sartre, Die Mauer - Timmermans, Die Maske.

Karl Brinkmann

3. Auflage, 80 Seiten

Bestell-Nr. 0605-X

Band 6: Andersch, Sehnsucht nach Sansibar - Böll, Wie in schlechten Romanen /Undines gewaltiger Vater - Gaiser, Das Wespennest / Fünfunddreißig Meter Tüll / Der Motorradunfall - Grass, Der Ritterkreuzträger - Hildesheimer, Nächtliche Anrufe - Holthaus, Geschichten aus der Zachurei / Allgemeines / Wo liegt Zachzarch / Das Wirtshaus Zum Vollautomatischen Bären - Lenz, Masurische Geschichte / Der Leseteufel / So schön war mein Markt / Der große Wildenberg - Kramp, Was der Mensch wert ist - Reding, Die Bulldozer kamen / Während des Films / Jerry lacht in Harlem / Fahrerflucht - Schnurre, Wovon der Mensch lebt - Walser, Die Artikel, die ich vertrete.

Rudolf Kanzler

64 Seiten

Bestell-Nr. 0606-8

Band 7: Aichinger, Die Silbermünze - Altendorf, Der Knecht Persenning - Andersch, Ein Auftrag für Lord Glouster - Bauer, Hole deinen Bruder an den Tisch - Britting, Der Gang durchs Gewitter - Dörfler, Der Kriegsblinde - Hesse, Das Nachtpfauenauge - Hildesheimer, Der Urlaub - Kaschnitz, Gespenster - Lenz, Die Nacht im Hotel - Th. Mann, Das Eisenbahnunglück - Noack, Die Wand - Ohrtmann, Der Sched ist wieder da - Rinser, Der fremde Knabe - Schallück, Unser Eduard - Wiechert, Mein erster Adler.

Edgar Neis

80 Seiten

Bestell-Nr. 0607-6

Band 8: Andersch, Grausiges Erlebnis - Bachmann, Alles - Bender, In der Gondel / Fondue - Bichsel, Tochter - Bobrowski, Epitaph für Pinnau - Bolliger, Verwundbare Kindheit - Brecht, Wiedersehen - Eisenreich, Der Weg hinaus - Fritz, Schweigen vieler Jahre - Fühmann, Judenauto / Schöpfung - Gaiser, Gazelle grün - Heissenbüttel, Wassermaler - Kaschnitz, Das rote Netz - Kunert, Fahrt mit der S-Bahn - Nossack, Das Mal - Reinig, Drei Schiffe - A. Schmidt, Resümee - Walser, Tänzer / Knabe - Wohmann, Ich Sperber / Der Schwan / Knurrhahn-Stil.

Wolfgang Kopplin

Kontrapunkte

160 Seiten

Bestell-Nr. 0547-9

Kontroversinterpretationen zur modernen deutschsprachigen Kurzprosa.
Prosatexte, zwischen 1963 und 1975 entstanden, dienen dem Autor dazu, die dialektische Methode des Pro und Kontra als Interpretationsansatz anzuwenden. Dem Primärtext schließen sich jeweils die Kontroversinterpretationen an. Ein Buch, welches Anregungen zum Verstehen und zur Entschlüsselung von Texten gibt.
Inhalt: Texte von Artmann - Bichsel - Dellin - Gerz - Gregor - Kunert - Reinig - Schnurre u.a. werden in einer Pro- und Kontra-Interpretation vorgestellt.

Albert Lehmann

Erörterungen

Gliederungen und Materialien
Methoden und Beispiele

5. verb. Auflage, 184 Seiten

Bestell-Nr. 0692-0

Die vorliegende Sammlung von 58 Gliederungen, die durch Erläuterungen - vornehmlich Beispiele - zu den einzelnen Gliederungspunkten erweitert sind, sollen die Wiederholung des Jahresstoffes erleichtern.
Stoffkreisthemen: Natur - Tourismus - Technik - Freizeit - Arbeit/Beruf - Konflikte zwischen den Generationen - Drogen - Kinder und Familie - Die Stellung der Frau in der Gesellschaft - Sport - Massenmedien und viele Einzelthemen.

Für Lehrer ein unentbehrliches Nachschlage- und Vorbereitungsbuch.

Birgit Lermen /
Matthias Loewen

Trickfilm als didaktische Aufgabe

Band 1: Sekundarstufe I
232 Seiten - Fotos
Bestell-Nr. 0618-1

Band 2: Sekundarstufe II
Bestell-Nr. 0619-X
216 Seiten - Fotos

Die Untersuchung über den Trickfilm als didaktische Aufgabe trägt der unterschiedlichen Ausgangslage in den beiden Stufen des Sekundarunterrichts Rechnung durch die Aufteilung in zwei Bände.

Band 1 stellt sich gezielt auf die Bedürfnisse und Erwartungen der Sekundarstufe I ein. Aus der Eigenart des Mediums Trickfilm wird ein Analyse-Instrumentarium entwickelt, dessen Brauchbarkeit an 13 Filmen unterschiedlicher Herkunft erprobt wird. Auf der damit geschaffenen Grundlage wird ein didaktisch-methodisches Konzept erstellt.

Band 2 orientiert sich an den Bedürfnissen der Sekundarstufe II. Eine semiotische Einführung erweitert und vertieft die in Band I erstellte Grundlage. Im Mittelpunkt stehen wieder die Einzelanalysen, deren Zahl des größeren Umfangs wegen auf zwölf reduziert ist.
Wie in Band I soll beides - Analysen und Einführung - als Basis dienen für didaktische Fragestellungen und Entscheidungen.

Die Auswahl der Filme wurde in beiden Bänden bestimmt durch :

a) das Ausleihangebot der Stadt- und Kreisbildstellen in der Bundesrepublik,
b) die ästhetische Qualität,
c) die thematische Relevanz,
d) die didaktische Potenz.

Martin H. Ludwig

Das Referat

Kurze Anleitung zu einer Erarbeitung und Abfassung für Schüler und Studenten.

2. Auflage

Bestell-Nr. 0646-7

Planen und Sammeln - Bibliographieren - Schreiben und Zitieren - Lesen und Notieren - Auswerten und Gliedern - Der Text - Der Vortrag.

Martin H. Ludwig

Praktische Rhetorik

Reden - Argumentieren - Erfolgreich verhandeln

2. Auflage

Grafiken - 136 Seiten

Bestell.-Nr. 0688-2

Praktische Rhetorik ist ein Übungsfeld für jedermann! Ob bei der Sammlung von Gedanken, bei der Konzentration der Argumente, bei der Gestaltung einer Rede, in der Rücksichtnahme auf den Verhandlungspartner, bei der Vorsicht vor „gefährlichen" Redewendungen.

Aus dem Inhalt: Formale Rhetorik - Dekorative Rhetorik - Verwendung von Argumenten in der Verhandlung - Psychologie in der Verhandlung - Einzelne Techniken zur Durchsetzung von Anliegen - Positive Verhandlungstechniken - Wie wehre ich mich gegen ...? - Typische Verhandlungssituation - Wann sind welche Techniken angebracht?

Martin H. Ludwig/
Eckhard Ostertag

Lernen - Qual oder Zufall?

Vademecum der Lernarbeit
160 Seiten

Bestell-Nr. 063-4

Dieses Buch ist für solche Menschen geschrieben, die aus eigenem Antrieb lernen möchten, die eine Hilfe und Anleitung für ein leichteres und effektiveres Lernen gebrauchen können.

Aus dem Inhalt: – Warum Lernen lernen? – Wer lernt was warum? – Unter welchen Voraussetzungen lernen wir? – Wie lernen? – Wie lange lernen? – Wieviel lernen? – Wann lernen? – Wie oft lernen? – Womit lernen? – Wo lernen? – Lernen - ein Abenteuer mit sich und mit anderen – Wie das Gelernte festigen? Das eigene Mehrkanalprogramm – Lernen macht Spaß! – Checklisten und Übersichten

Methoden und Beispiele der Kurzgeschichten-Interpretation

4. Auflage, 64 Seiten

Bestell-Nr. 0691-2

Herausgegeben und erstellt von einem Arbeitskreis der Pädagog. Akademie Zams.

Methoden: Werkimmanente, existenzialistische, grammatische, stilistische, strukturelle, kommunikative, soziologische, geistesgeschichtliche, historisch/biographisch/symbolistische Methode.

Beispiele: Eisenreich - Cortázar - Dürrenmatt - Brecht - Horvath - Bichsel - Kaschnitz - Lenz - Weißenborn - Rinser - Borchert - Nöstlinger - Wölfel - Langgässer.

An Beispielen ausgewählter Kurzgeschichten werden die einzelnen Methoden der Interpretation demonstriert und erläutert. Information und Nachschlagewerk für den Unterricht in den Sekundarstufen.

Edgar Neis

Das neue große Aufsatzbuch

-Methoden und Beispiele des Aufsatzunterrichts für die Sekundarstufen I und II -

212 Seiten - 5. erweiterte Auflage

Bestell-Nr. 0636-X

Inhalt:
Zur Technik des Aufsatzschreibens - Stoffsammlung und Disposition - Wie schreibe ich eine Charakteristik? - Wie schreibe ich eine Erörterung? - Der dialektische Besinnungsaufsatz - Themen und Aufsätze zu Problemen unserer Zeit - Aufsätze zur Literatur - Wege der Texterschließung - Interpretationshinweise - Fachbegriffe der Aufsatzlehre (Lexikon der Terminologien) - Vorschläge für Aufsatzthemen - Themenkatalog für das Ende des 20. Jahrhunderts - Literaturnachweis.
Dieses Buch richtet sich an Lehrer und Schüler von Haupt-, Real- und Oberschulen (Gymnasien).
Breit einsetzbar in Grund- und Leistungskursen.

Edgar Neis

Moderne deutsche Diktatstoffe

-Sekundarstufe I-

5.-10. Jahrgangstufe

2. Auflage, 118 Seiten

Bestell-Nr. 0693-9

Beide Bände sollen der Einübung und Wiederholung der Rechtschreibung und Zeichensetzung dienen. Jeder Band gliedert sich in zwei Teile, einen systematischen Teil, der zielbewußter Einübung von Wörtern, deren Schreibung Schwierigkeiten bereitet, dient und einen allgemeinen Teil. Dieser bringt zusammenhängende Diktatstoffe aus dem deutschen Schrifttum. Die Namen der Verfasser bürgen für die Stilhöhe der einzelnen Texte.

Edgar Neis

Deutsche Diktatstoffe -Unterstufe-

3. bis 7. Jahrgangsstufe
6. verbesserte Auflage, 64 Seiten

Bestell-Nr. 0524-X

Edgar Neis

Interpretationen von 66 Balladen, Erzählgedichten und Moritaten

Analysen und Kommentare
6. Auflage, 176 Seiten

Bestell-Nr. 0590-8

Balladen des 18., 19. und 20. Jahrhunderts werden in diesem für Lehrer, Studenten und Schüler bestimmten Band ausführlich interpretiert und durch Erklärungen Verständnis für diese Art Dichtung geweckt. Eine unentbehrliche Hilfe für den Deutsch- und Literaturunterricht.

Aus dem Inhalt: Bürger - Herder - Goethe - Schiller - Uhland - Eichendorff - Heine - Droste-Hülshoff- Miegel - Brecht - Huchel - Celan - Chr. Reinig - Kunert u.v.a.

Edgar Neis

Interpretationen motivgleicher Werke der Weltliteratur

2. Auflage, je 144 Seiten

Dramatische, epische und lyrische Gestaltung der bekanntesten Stoffe der Weltliteratur werden mit knappen Inhaltsangaben vorgestellt und miteinander vergleichend interpretiert.

Band 1:
Mythische Gestalten **Bestell-Nr. 0548-7**

Alkestis - Antigone - Die Atriden (Elektra / Orest) - Iphigenie - Medea - Phädra

Band 2:
Historische Gestalten **Bestell-Nr. 0549-5**

Julius Caesar - Coriolan - Der arme Heinrich - Die Nibelungen - Romeo und Julia - Jeanne d'Arc / Die Jungfrau v. Orleans - Johann Joachim Winckelmann

Edgar Neis

Verbessere Deinen Stil

3. Auflage, 120 Seiten

Bestell-Nr. 0539-8

Der Autor versucht im vorliegenden Band vom grundlegenden Schema über Wortwahl und Satzgestaltung den Interessierten zu einer guten Ausdrucksform zu führen. Stil ist erlernbar, deshalb wurden im 2. Teil viele künstlerisch gestaltete, stilvolle Beispiele wiedergegeben.

Edgar Neis

Wie interpretiere ich ein Drama?

Methoden und Beispiele
4. Auflage - 224 Seiten

Bestell-Nr. 0633-8

Erstbegegnungen mit dramatischen Formen - Methode des Interpretierens - Wege zur Erschließung und Analyse eines Dramas.

Arbeit im Detail: Titel, Personen, Handlung, Aufbau, Sprache, Realisation, Bühnengestaltung, Regieanweisungen, sozio-kulturelle und historische Einordnung usw.

Modellinterpretationen - Zur Theorie des Dramas - Literaturverzeichnis.

Interessenten: Lehrer und Schüler aller Schulgattungen.

Edgar Neis

Wie interpretiere ich Gedichte und Kurzgeschichten?

15. Auflage, 208 Seiten

Bestell-Nr. 0530-3

Ein "Grundkurs", die Kunst der Interpretation zu erlernen und zu verstehen. Die tabellarischen Leitlinien führen den Benutzer des Buches zum Verständnis für diese Gattung der Poesie. Anhand von zahlreichen durchgeführten Interpretationen ist dieses Buch ein unentbehrliches Hilfsmittel für Schüler und Lehrer.

Eckhard Ostertag

Berufswahl - leichtgemacht

Der Fahrplan für eine systematische Berufsentscheidung
Grafiken – 112 Seiten

Bestell-Nr. 054-5

Was soll ich werden? – Welcher Beruf hat Zukunft? – Was kommt nach der Schule? – Wer hilft mir bei der Berufswahl? – Was kann ich tun, um nicht arbeitslos zu werden? – Wie bewerbe ich mich richtig? – Wie erhalte ich eine Lehrstelle? – Wie komme ich an einen Studienplatz?

Viele Fragen, Fragen, die heute oft nicht leicht zu beantworten sind. Existenzielle Fragen aber für alle jungen Menschen, die in einer Zeit des wirtschaftlichen und technologischen Umbruchs sich für einen Beruf entscheiden müssen.

Das vorliegende Buch will für alle Berufssuchende und deren Berater eine praktische Lebenshilfe geben. Es wird ein Fahrplan vorgelegt, der die vielfältigen Stationen des Berufswahlverlaufs übersichtlich und systematisch aufzeigt.

Reiner Poppe

Aufsätze im Deutschunterricht

für das 5.–10. Schuljahr

Themen - Techniken - Beispiele

120 Seiten

Bestell-Nr. 0464-2

Das Aufsatzbuch ist für Schüler und Schülerinnen der Sekundarstufe I verfaßt. Es setzt Materialien und Techniken, Beispiele und vermittelnde Information ein, um den Schüler zum Verfassen eigener Texte **methodisch** anzuleiten. Die im Kapitel 4 vorgetragenen Beispiele erfassen in **kommunikativen Anwendungssituationen** die wichtigsten Textsorten:
Erzählbericht - Bericht - Beschreibung - Erörterung - (dialektischer) Besinnungsaufsatz - Interpretation. Der Schwerpunkt liegt dabei auf **alltagsrelevanten, pragmatischen Varianten** dieser Grundformen (Brief, Klappentext, Bedienungsanleitung, Sachtext, Inhaltsskizze, Leserbrief etc.)

Gliederung: Aufsatzformen nach Jahrgangsstufen geordnet/'richtlinienkonform' - Themen zum Üben - Techniken-Hilfsmittel, Beispiele (exemplarisch) - Glossar - Literaturhinweise.

Klaus Sczyrba

50 Kurzdiktate

für das 4. - 7. Schuljahr
mit 250 Übungsmöglichkeiten

116 Seiten + Lösungsheft

Bestell.-Nr. 0477-4

Der bekannte Autor Klaus Sczyrba bringt wieder eigene Diktate für rechtschreibschwache Schüler und Schülerinnen zum häuslichen Arbeiten.

Für die Hand des Lehrers als Kurztest-Übungen im Unterricht bestens geeignet. Der Autor hat selbst im Unterricht erfolgreich damit gearbeitet.

Klaus Sczyrba

Komm, wir schreiben!

Rechtschreibübungsheft für das 2. und 3. Schuljahr

Format: DIN A4 - 40 farbige Illustrationen
3. Auflage - 36 Seiten

Bestell-Nr. 0614-9

Freude ist der Motor zum Erfolg. Nach diesem Grundsatz will der Autor den Kindern durch die lustbetonte, sehr abwechslungsreiche Art dieses Heftes den Weg zu Rechtschreibsicherung leicht machen. In frohem Tun werden fast unauffällig fundamentale Kenntnisse der Rechtschreibung angeeignet, ohne daß die Kinder dabei den Eindruck des Übens haben.

Klaus Sczyrba

Komm, wir schreiben!

Rechtschreibübungsheft für das 3. und 4. Schuljahr

Format: DIN A4 - 60 farbige Illustrationen
2. Auflage – 60 Seiten

Bestell-Nr. 0616-5

Alle Übungen für die Kinder des 3. und 4. Schuljahres sind so angelegt, daß sie mit Freude durchgeführt werden. Sie enthalten kurzweilige Aufgaben, Reime und Rätsel. Die Richtigkeit der Lösungen kann leicht selbst überprüft werden.
Üben ist für Kinder oft freudlos und langweilig. Bei diesem Heft spüren sie aber nicht, daß "nur geübt" wird. In froher, zielstrebiger Arbeit wird fast unbewußt die Rechtschreibfertigkeit gesteigert.

Klaus Sczyrba
Komm, wir schreiben!
Rechtschreibübungsheft für das 4. und 5. Schuljahr

ca. 60 Seiten – Illustrationen

Bestell-Nr. 0479-0

Nachdem die beiden vorangegangenen Übungshefte 'Komm, wir schreiben!', einen so guten Anklang gefunden haben, folgt nun eins für die 4. und 5. Klasse. Es überbrückt den oft schwierigen Übergang von der Grundschule zu den weiterführenden Schulen im Bereich des Schreibens. Abwechslungsreiche, kurzweilige Übungen, die der Altersstufe angepaßt sind, lassen die Rechtschreibklippen überwinden und führen zur Schreibsicherheit.
Lösungen zur Selbstkontrolle sind angefügt.
Breit einsetzbar im Unterricht.

Klaus Sczyrba
Lebensnahe Diktate
für die Grundschule mit angeliederten Übungsmöglichkeiten für das **2. bis 4 Schuljahr**
4. Auflage - 152 Seiten + Lösungsheft

Bestell-Nr. 0610-6

Dieses Übungsbuch ist aus der Erfahrung langjähriger Schularbeit entstanden und soll den Kindern vom 2. bis 4. Schuljahr helfen, ihre Rechtschreibleistungen zu verbessern.
Dazu werden 150 Diktate geboten, die in Ausmaß und Schwierigkeitsgrad dem Alter der Kinder entsprechen.
Zur vertiefenden Behandlung aller Rechtschreibbereiche sind jedem Diktat eine Reihe Übungsmöglichkeiten beigefügt.

Klaus Sczyrba
Wege zum guten Aufsatz für das 5.-10. Schuljahr
176 Seiten

Bestell-Nr. 0472-3

Dieses ganz auf die Schulpraxis bezogene Büchlein bietet Hilfen und Anregungen für das Schreiben von Nacherzählungen, Erlebnisaufsätzen, Phantasiegeschichten, Beschreibungen, Schilderungen und Berichten. Außerdem enthält es Übungen zur Grammatik, zur Rechtschreibung und Ausdrucksverbesserung.

Ein weiteres Buch von unserem Erfolgsautor Klaus Sczyrba.

Klaus Sczyrba
Wege zum guten Aufsatz für das 3. und 4. Schuljahr
ca. 144 Seiten – Illustrationen – Format DIN A 5

Bestell-Nr. 0690-4

Da bereits in der Grundschule die Fundamente für die Aufsatzerziehung gelegt werden, kommt diesem Buch eine besondere Bedeutung zu. Es will helfen, die bei vielen Kindern bestehende Abneigung gegen das Schreiben von Aufsätzen zu überwinden und zu einem guten schriftlichen Ausdruck hinzuführen.

Klaus Sczyrba
Neue lebensnahe Diktate
mit zahlreichen Übungsmöglichkeiten für das **2. bis 10. Schuljahr**

2. Auflage - 312 Seiten

Bestell-Nr. 0611-4

Wie in den früheren Ausgaben diese Buches werden hier wieder über 200 Diktate geboten, die in Ausmaß und Schwierigkeitsgrad dem Alter des Kindes entsprechen.

Klaus Sczyrba
Lebensnahe Dikate
mit zahlreichen Übungsmöglicheiten für das **5. bis 7. Schuljahr** + Lösungsheft

3. Auflage - 240 Seiten

Bestell-Nr. 0613-0

In diesem Übungsbuch werden 150 Diktate geboten, die Kindern des 5. bis 7. Schuljahres helfen sollen, ihre Rechtschreibkenntnisse zu verbessern.
Zur vertiefenden Behandlung aller Rechtschreibbereiche ist jedem Diktat eine Reihe Übungsmöglichkeiten beigefügt.

Klaus Sczyrba
Lebensnahe Diktate
100 Diktattexte mit 600 Lösungsmöglichkeiten für das **8. bis 10. Schuljahr**

2. Auflage
210 Seiten + Lösungsheft

Bestell-Nr. 0471-5

Das Buch will mit seinen Diktaten und Übungen zum richtigen Gebrauch unserer Sprache beitragen. Die Diktate sind nicht nur nach Rechtschreibschwierigkeiten oder zur Anwendung einer Regel konstruiert, sondern sind auf die Bedürfnisse von Zeit und Umwelt abgestimmt.
Übungsmöglichkeiten mit Lösungen machen dieses Buch für häusliches Arbeiten und für den Unterrichtsgebrauch gleichermaßen unentbehrlich.

Klaus Sczyrba
Lebensnahe Diktate
mit zahlreichen Übungsmöglichkeiten für das **5. bis 10. Schuljahr**

2. Auflage - 432 Seiten + Lösungsheft

Bestell-Nr. 0612-2

Auch dieses Übungsbuch soll den Kindern vom 5. bis 10. Schuljahr helfen, ihre Rechtschreibleistungen zu verbessern.
Die hier angebotenen 250 Diktate sind in Ausmaß und Schwierigkeitsgrad dem Alter entsprechend ausgewählt worden. Jedem Diktat ist eine Reihe Übungsmöglichkeiten beigefügt, ebenso wurde der entsprechende Wortschatz eingebracht.
Tabellen der Rechtschreibschwierigkeiten in den einzelnen Schuljahren runden dieses Übungsbuch ab.

Klaus Sczyrba

Lebensnahe Grammatik für die Grundschule

für das 2. bis 4. Schuljahr

140 Seiten

Bestell-Nr. 0673-4

Die alltäglichen Begebenheiten zweier Kinder sind lebendige Einstiege in alle Bereiche der Grundschulgrammatik. In übersichtlicher Weise werden alle notwendigen Kenntnisse zur Beherrschung unserer Sprache kindgemäß vermittelt, die in den angegliederten Übungen angewandt werden können. So ist dieses Büchlein sehr hilfreich für den Unterricht in der Schule und die häusliche Einzelarbeit.

Klaus Sczyrba

Lebensnahe Sprachlehre in der Grundschule

50 Unterrichtsentwürfe für die Einführung aller wesentlichen Gebiete.

112 Seiten, Illustrationen

Bestell-Nr. 0615-7

Neubearbeitete 2. Auflage

Diese Unterrichtsentwürfe haben sich als eine vielbegehrte Hilfe erwiesen und ermöglichen, daß der sonst so trockene Stoff der Sprachlehre lebensnah, auf lustbetonte Weise eingeführt wird.
Jeder Entwurf ist eine Unterrichtseinheit, die sich über einen längeren Zeitraum erstreckt.

Klaus Sczyrba

Lebensnahe Grammatik für die Sekundarstufe I

5.-10 Klasse
Mit 100 Übungen + Lösungsheft

2. Auflage – 128 Seiten

Bestell-Nr. 0474-X

Wesentliche Ursache für die Fehlerhäufigkeit in der Rechtschreibung ist in der mangelnden grammatischen Erkenntnis zu suchen.
Das Buch will hier Abhilfe schaffen. In übersichtlicher Anordnung bietet es in den für das Leben wichtigen Bereichen der Grammatik viele Beispiele und Übungsmöglichkeiten.

Klaus Sczyrba

Rechtschreib-Olympiade

Übungen mit Lösungen für die 5.-7. Klasse

136 Seiten + Lösungsheft

Bestell-Nr. 0475-8

Unser Erfolgsautor Klaus Sczyrba bringt mit diesem Band ein lebensnahes Rechtschreibbuch auf den Markt, welches durch seinen Wettbewerbcharakter sicher viele Übende ansprechen wird.
Kurze Übungstexte zu den Schwierigkeiten der deutschen Sprache werden allen Benutzern Hilfe geben und einprägsam zukünftige Fehler vermeiden helfen.

Englisch

Peter Luther/Jürgen Meyer

Englische Diktatstoffe

Unter- und Mittelstufe Sekundarstufe I

64 Seiten

Bestell.-Nr. 0647-5

Beginnend mit einfachsten Texten und Erklärungen wird hier der Benutzer der Bücher mit der englischen Grammatik, Wortlehre und Rechtschreibung vertraut gemacht. Die Texte geben Hinweise auf die Vorbereitung zur Nacherzählung und sind gestaffelt nach Schwierigkeiten und Themengruppen. Worterklärungen und Übungen zur Selbstkontrolle runden den Band ab.

Jürgen Meyer/Gisela Schulz

Englische Synonyme als Fehlerquellen

Übungssätze mit Lösungen

116 Seiten

Bestell.-Nr. 0596-7

Dieses Übungsbuch will helfen, die im Bereich der Synonyme immer wieder auftretenden Fehler zu vermeiden.
Die Aufstellung ruht auf Beobachtungen, die die Verfasser im Unterricht gemacht haben und erhebt keinen Anspruch auf Vollständigkeit. Die Übungssätze wurden so formuliert, daß die wichtigen Bedeutungsnuancen so klar wie möglich hervortreten. Die zur Kontrolle beigefügten Lösungen geben an, ob und wo Fehler gemacht worden sind.

Jürgen Meyer

Deutsch-englische/ englisch-deutsche Übersetzungsübungen

9.–13. Klasse

2. Auflage - 104 Seiten

Bestell.-Nr. 0594-0

Texte für Fortgeschrittene, die ihre Kenntnisse in Wortanwendung und Grammatik erweitern und überprüfen wollen.
Zu den zeitgemäßen deutschen Texten wurden die Vokabeln und deren Anwendungsmöglichkeiten gegeben und erklärt.
Am Schluß des Bandes die englischen Texte zur Kontrolle.
Breit einsetzbar in den Sekundarstufen, Grund- und Leistungskursen.

Jürgen Meyer/Ulrich Stau

Englisch 5./6. Klasse

Übungen mit Lösungen

96 Seiten - Viele Zeichnungen

Bestell.-Nr. 0687-4

Der gesammte Stoff Englisch der 5. und 6. Klasse wird in diesem Nachhilfebuch wiederholt. Die Benutzer können anhand von Übungen ihr Wissen testen und im Lösungsteil nachschlagen.

Der Stoff wurde den einschlägigen Lehrwerken an den Schulen der verschiedenen Bundesländer angeglichen um eine Benutzung nicht von den verschiedenen Kriterien der Bundesländer abhängig zu machen.

Den Schülerinnen und Schülern wird hier echte 'Lernhilfe' geboten!

Jürgen Meyer

Übungstexte zur englischen Grammatik

9. – 13. Klasse

3. Auflage - 96 Seiten

Bestell.-Nr. 0567-3

Der Band enthält Übungsmaterial zu aktuellen Fragen, u.a. Sachtexte zu Personen, wissenschaftlichen Entdeckungen und zeitgeschichtlichen Ereignissen, die über das heutige Großbritannien und die USA informieren. Die Texte sind mit ausführlichen Hinweisen zu den Vokabeln sowie Übungen zur Syntax und zum Wortschatz versehen. Diskussionsvorschläge und ein sorgfältig aufbereiteter Schlüssel bieten zusätzliche Unterrichtshilfen. Das Buch ist sowohl für Gruppenarbeit als auch für das Selbststudium geeignet.

Edgar Neis

Wie schreibe ich gute englische Nacherzählungen?

8. Auflage - 84 Seiten

Bestell-Nr. 0526-6

Langjährige, im gymnasialen Englischunterricht auf der Mittel- und Oberstufe, sowie bei zahlreichen Abiturprüfungen gewonnene Erfahrungen haben zur Herausgabe dieses Buches geführt. Texterfassung und -darstellung, Wortschatzerweiterung, Regeln der Stillehre, Erzählstil, idiomatische Redewendungen, Homophone, unregelmäßige Verben, Comment u.v.a.
Musterbeispiele als Vorlagen für Lernende.

John A. S. Phillips

Englisch für Frustrierte

Ratgeber für Muß-Studenten und Schüler der englischen Sprache

2. Auflage – 116 Seiten – Illustriert

Bestell-Nr. 0478-2

Dieses Buch ist für Leute geschrieben, denen vielleicht doch noch zu helfen ist, ihre verlorengegangene Freude an der englischen Sprache zurückzugewinnen. John A. S. Phillips, Lektor für Englisch an der Universität Bayreuth, Verfasser mehrerer humorvoller und skurriler Bücher, hat kein Lehrbuch im üblichen Sinne geschrieben. Es ist aber auch kein Amüsierbuch allein; dazu ist es dem Verfasser mit den Menschen, die seine Sprache lernen wollen, viel zu ernst.
Der Leser lernt viel, ohne belehrt zu werden. Was er bietet, will und kann kein systematisches Lehrbuch ersetzen, wohl aber „background" schaffen, bei Kennern der Sprache manches Tüpfelchen auf das „i" setzen und, wie erwähnt (– so auch der Titel –), Frustrierte wieder mobilisieren.
Enjoy it ...

Französisch

Klaus Bahners

Französischunterricht in der Sekundarstufe II

(Kollegstufe)

Texte - Analysen - Methoden

104 Seiten

Bestell-Nr. 0565-7

Dieses Buch wendet sich an alle, die jetzt oder künftig auf der neugestalteten Oberstufe (Sekundarstufe II) Französischunterricht erteilen; vor allem an jüngere Kollegen und Referendare, aber auch an Studenten, die sich auf den Übergang vom wissenschaftlichen Studium zur pädagogischen Umsetzung vorbereiten wollen.

Paul Kämpchen

Französische Texte zur Vorbereitung auf die Reifeprüfung

80 Seiten

Bestell-Nr. 0522-3

Übungen für Grammatik, des Stils und eine der Prüfungsarten - die Nacherzählung - sollen hier dem Anwärter zur Prüfung nahegebracht werden. Kurze und lange Nacherzählungstexte mit Worterklärungen stehen hier als Übungstexte zur Verfügung.
Der Schüler oder Student kann anhand dieser Kurzgeschichten seine sprachliche Beweglichkeit unter Beweis stellen. Kleine und leichte Stücke, die sich nur für Anfänger und wenig Fortgeschrittene eignen, wurden weggelassen.

Alfred Möslein/
Monique Sickermann-Bernard

Textes d'étude

64 Seiten

Bestell-Nr. 0523-1

25 erzählende Texte aus der neueren französischen Literatur als Vorlagen für Nacherzählungen und Textaufgaben.
Durch unterschiedliche Längen und Schwierigkeitsgrade, sowie durch breitgefächerte Thematik eignen sich diese Texte als Lektüre und Ausgangspunkt für Diskussionen im Unterricht. In den "Suggestions" findet man einige Anregungen für Übungen, die sich an die reine Textbehandlung anschließen können. Die Worterklärungen sollen das Verständnis der Texte erleichtern.

Werner Reinhard

Französische Diktatstoffe Unter- und Mittelstufe

1./2. Unterrichtsjahr, sowie 3./4. Unterrichtsjahr

4. Auflage - 96 Seiten

Bestell-Nr. 0532-0

Die nach dem Schwierigkeitsgrad geordneten Texte sind überwiegend Erzählungen und Berichte von Begebenheiten des täglichen Lebens, wobei unbekannte Vokabeln beigegeben sind. Mit den Texten lernt der Schüler die gehobene Umgangssprache, d.h. Vokabular und Wendungen, die er später für eigene Textproduktionen verwenden kann. Den Texten vorangestellt sind Bemerkungen zur Rechtschreibung, die nützliche Rechtschreibregeln enthalten.

Werner Reinhard

Übungstexte zur französischen Grammatik

9. - 13. Klasse

2. Auflage - 128 Seiten

Bestell-Nr. 0543-6

"Übungstexte zur französischen Grammatik" wendet sich an Lernende, die bereits einige grammatische Kenntnisse haben, sie jedoch festigen und vertiefen wollen. Es eignet sich aufgrund umfangreicher Vokabelangaben, sowie des ausführlichen Lösungsteils, zum Selbststudium und vermag bei Schülern ab Klasse 9 Nachhilfeunterricht zu ersetzen.
Die textbezogenen Aufgaben berücksichtigen insgesamt die wichtigsten grammatischen Gebiete, ein Register ermöglicht auch systematisches Vorgehen.

Christine und Gert Sautermeister

Der sichere Weg zur guten französischen Nacherzählung

-Zur Methodik des Hörens und Schreibens im Französischunterricht-

118 Seiten

Bestell-Nr. 0534-7

Der erste Teil des Buches will auf die Bedingungen richtigen Hörens aufmerksam machen und Wege zum besseren Hören skizzieren. Der zweite Teil gibt Anregungen, die Grundrisse des Textes, der Gelenkstellen, Höhepunkte, Pointen nochmals zu vergegenwärtigen. Spezifische Formulierungsprobleme der Nacherzählung entfaltet der dritte Teil.

Werner Reinhard

Kurze moderne Übungstexte zur französischen Präposition

120 Seiten

Bestell-Nr. 0568-1

In einem lexikalischen Teil gibt das Übungsbuch zunächst einen Überblick über die Anwendung der wichtigsten Präpositionen. Auch die Präposition als Bindeglied zwischen Verb und Objekt bzw. Infinitiv (vor allem à und de) wird berücksichtigt. Listen erleichtern dabei systematisches Lernen.
Im anschließenden Übungsteil kann der Benutzer seine Kenntnisse überprüfen. Vorherrschende Methode ist die Einsatzübung. Mit dem Lösungsteil eignet sich das Buch gut zum Selbststudium. Einsetzbar für den Unterricht in den Sekundarstufen.

Gemeinschafts-kunde

Peter Beyersdorf

Die Bundesrepublik Deutschland

Arbeitsheft zur Sozial- und Gesellschaftskunde

Band 1:
Strukturen und Institutionen
mit Text des Grundgesetzes
124 Seiten
Bestell-Nr. 0507-X

Band 2:
Parteien und Verbände
84 Seiten
Bestell-Nr. 0508-8

Band 3:
Außenpolitische Entwicklung
72 Seiten
Bestell-Nr. 0509-6

Diese Reihe wurde vor allem für den Bereich der politischen Pädagogik geplant: für Lehrer und Schüler also in erster Linie. Das gilt für Gymnasien und höhere Schulen insgesamt, für Berufsschulen und nicht zuletzt für den großen Bereich der Erwachsenenbildung in den Volkshochschulen.
Jedes Heft enthält neben dem Textteil einen Dokumentenanhang und ein Literaturverzeichnis, darin wird auf spezielle, einzelne Themen vertiefende Bücher hingewiesen.
Mit Hilfe dieser "Arbeitshefte" wird es dem Benutzer möglich, die grundsätzlichen politischen Zusammenhänge unseres Gemeinwesens und die Struktur der internationalen Politik zu erkennen. Dazu werden nicht nur Daten und Fakten geboten, sondern zugleich auch deren Erklärung und Interpretation. Stand 1970!

Geschichte

Peter Beyersdorf

Geschichts-Gerüst

von den Anfängen bis zur Gegenwart

4 Teile in einem Band

228 Seiten

Bestell-Nr. 0551-7

Der Primaner, der das „Skelett" dieses „Gerüstes" beherrscht, sollte allen Prüfungsanforderungen gewachsen sein!

Das vorliegende Werk will kein Ersatz für bereits bewährte Bücher ähnlicher Art sein, sondern einem **Auswahlprinzip** huldigen, das **speziell auf Gymnasien,** kurz **alle weiterführenden Schulen zugeschnitten** ist. Daher erklärt sich die drucktechnische Hervorhebung des besonders Wesentlichen (Fettdruck).
Teil I: Von der Antike bis zum Beginn der Völkerwanderung (ca. 3000 v. Chr. bis 375 n. Chr.)
Teil II: Von der Völkerwanderung bis zum Ende des Mittelalters (375 – 1268)
Teil III: Vom Übergang zur Neuzeit bis zum Ende des 1. Weltkrieges (1268 – 1918)
Teil IV: Vom Beginn der Weimarer Republik bis zur Gegenwart (1918 – 1990)

Latein

Reinhold Anton

Die Stammformen und Bedeutungen der lateinischen unregelmäßigen Verben

Anleitung zur Konjugation von etwa 1600 einfachen und zusammengesetzten unregelmäßigen Verben.

5. verbess. Auflage - 40 Seiten

Bestell-Nr. 0500-2

Oswald Woyte

Latein-Gerüst

Der gesamte Stoff bis zur Sekundarstufe II (Kollegstufe) in übersichtlicher Anordnung und leichtverständlicher Darstellung mit Übungstexten, Übungsaufgaben und Schlüssel.

Teil 1: **Formenlehre**
116 Seiten
Bestell-Nr. 0552-5

Teil 2: **Übungsaufgaben und Schlüssel zur Formenlehre**
144 Seiten
Bestell-Nr. 0553-3

Teil 3: **Satzlehre**
104 Seiten
Bestell-Nr. 0554-1

Teil 3: **Übungsaufgaben und Schlüssel zur Satzlehre**
72 Seiten
Bestell-Nr. 0555-X

jeweils 2. Auflage

Die vier Bände ersparen den Lernenden die Nachhilfestunden und bieten ein unentbehrliches Übungs- und Nachschlagewerk bis zur Reifeprüfung.
Der Autor hat aus seiner Praxis als Oberstudiendirektor die Schwierigkeiten der lateinischen Sprache für den häuslichen Übungsbereich aufbereitet und leicht faßbar erläutert. Lernanweisungen sollen das Einprägen erleichtern.

Friedrich Nikol

Latein 1

Übungen mit Lösungen für das erste Lateinjahr in zwei Bänden.

Band 1/**Erstes Halbjahr**
mit Lösungsteil
Bestell-Nr. 0634-3

Band 2/**Zweites Halbjahr**
mit Lösungsteil
Bestell-Nr. 0635-1

In beiden Teilbänden wird der gesamte Stoff des ersten Lateinjahres behandelt.

Latein 2 (2. Lateinjahr)

Bestell-Nr. 0638-6

Der lateinische Wortschatz ist in den Büchern genau angegeben und den verschiedenen lateinischen Unterrichtswerken angepaßt, die in den einzelnen Bundesländern zugelassen und eingeführt sind.
Bei gründlicher häuslicher Nachhilfe mit den Büchern wird der Übende immer mehr Freude an Latein bekommen und bald wird sich auch der Erfolg bei den Leistungen in der Schule zeigen.

Mathematik

Bernd Hofmann

Algebra 1

Mathematikhilfe für die 7./8. Jahrgangsstufe weiterführender Schulen

216 Seiten

Bestell-Nr. 0580-0

Friedrich Nikol
Lothar Deutschmann

Algebra 2

Übungs- und Wiederholungsbuch für die 9. und 10. Jahrgangstufe

168 Seiten - Viele Abbildungen

Bestell-Nr. 0645-9

Lothar Deutschmann

Mathematik

Wegweiser zur Abschlußprüfung
Mathematik I, II und III an Realschulen

Anhang: Reifeprüfungsaufgaben mit Lösungen 1980/1981/1982/1983

168 Seiten + 121 Abb.

Bestell-Nr. 0644-0

Ein erfahrener Pädagoge erteilt Nachhilfeunterricht in Mathematik.

In anschaulicher Weise werden den Benutzern Aufgaben aus der Mathematik an Realschulen vorgeführt, erklärt und mit Lösungsweg und Lösungen beschrieben.

Ruth Kirchmann

Zielscheibe Mathematik

Wenn Schüler vor Mathematik zurückschrecken, liegt es häufig an den Lücken, die irgendwann entstanden sind und das Verständnis des ganzen folgenden Unterrichtsstoffes blockieren.
In diesen Nachhilfebüchern, die auch zum Nachlernen für zu Hause geeignet sind, finden sich Schüler schnell zurecht.

Dezimalzahlen

78 Seiten - viele Abbildungen
+ 8 Seiten Lösungsheft

Bestell-Nr. 0671-8

Johannes Lorenz

Mathematik-Gerüst – Unterbau

6. Auflage - 84 Seiten

Bestell-Nr. 0558-4

Sammlung von Formeln und Sätzen mit zahlreichen Musteraufgaben und vielen Figuren.

Inhalt: Zahlenrechnen - Algebra - Gleichungen - Logarithmen - Geometrie - Stereometrie - Trigonometrie.
Dieser Band richtet sich an den Lernenden, der in kurzer Form seine Kenntnisse wieder auffrischen möchte und anhand von Musteraufgaben Lösungswege rekonstruieren will.

Bis Sekundarstufe I.

Georg Ulrich/Paul Hofmann

Geometrie zum Selbstunterricht

Ein vollständiger Lehrgang der Geometrie zum Selbstunterricht und zur Wiederholung und Nachhilfe. Von der elementaren Geometrie über die Differential- und Integralrechnung bis zur Integralgleichung bieten die Bände den gesamten Stoff der Oberschulen bis zur Sekundarstufe II.
Übungsaufgaben mit Lösungen erleichtern die Verfolgung des Rechenweges und deren Einprägung und Verstehen.

1. Teil:

Planimetrie
172 Seiten
Bestell-Nr. 0576-2

2. Teil:

Trigonometrie
136 Seiten
Bestell-Nr. 0540-1

3. Teil:

Stereometrie
148 Seiten
Bestell-Nr. 0577-0

4. Teil:

Analytische Geometrie
232 Seiten
Bestell-Nr. 0536-3

Philosophie

Robert Hippe

Philosophie-Gerüst

Teil 1 -96 Seiten

Bestell-Nr. 560-6

Der erste Band des Philosophie-Gerüsts will an die Geschichte der abendländischen Philosophie heranführen, dem Leser einen Überblick über die Jahrhunderte philosophischen Denkens geben.
Aus dem Inhalt: Was ist Philosophie? Die griechische Philosophie - Die hellenistisch-römische Philosophie - Die Philosophie des Christentums - Die Philosophie des Mittelalters, im Zeitalter der Renaissance und des Barock - Die Philosophie von der Aufklärung bis zu Hegel - Die Philosophie der Gegenwart.
Anhang - Bibliographie u.a.

Teil 2 - 80 Seiten

Bestell-Nr. 561-4

Im zweiten Band werden die Disziplinen der reinen und angewandten Philosophie behandelt und dem Benutzer ein Überblick über den gewaltigen Umfang des Bereichs der Philosophie gegeben.
Aus dem Inhalt: **Die Disziplinen der reinen Philosophie:** Logik und Dialektik - Psychologie - Erkenntnistheorie - Ontologie und Metaphysik - Ethik - Ästhetik.
Die Disziplinen der angewandten Philosophie: Naturphilosophie und Philosophie der Mathematik - Geschichtsphilosophie - Rechts- und Religionsphilosophie - Philosophische Anthropologie und Existenzphilosophie - Sprachphilosophie.
Philosophie und Weltanschauung
Bibliographischer Anhang u.a.

Physik

Robert Gehr

Einführung in die Atomphysik

Vorbereitungshilfen für das Physik-Abitur an mathematisch-naturwissenschaftlichen Gymnasien.

152 Seiten,

Bestell-Nr. 0511-8

Inhalt: Das Atommodell der kinetischen Gastheorie - Die atomistische Struktur der Elektrizität - Energiequanten und Korpuskeln - Atommodelle - Kernphysik - Nachweismethoden für Strahlungen.
Das Ziel des Buches ist, den Physik-Stoff der Abschlußklassen im Hinblick auf die Reifeprüfung umfassend und gründlich darzustellen, andererseits aber auch - gemäß dem Bildungsauftrag einer höheren Schule - in das (physikalische) Weltbild der Gegenwart einzuführen.

Thomas Neubert

Physikalische Miniformelsammlung

8. - 10 Klasse

32 Seiten

Bestell-Nr. 0683-1

Für den Schulunterricht und für häusliches Arbeiten ein wichtiges Hilfsmittel - echte Lernhilfe!

Johannes Lorenz/Lothar Deutschmann

Physik-Gerüst

-Sekundarstufe 1-

6. überarbeitete Auflage
240 Seiten

Bestell-Nr. 0617-3

Die Grundlagen der Physik in übersichtlicher und leicht faßlicher Darstellung.

Inhalt: Meßkunde - Allgemeine Eigenschaften der Körper - Mechanik fester Körper - Mechanik der Flüssigkeiten - Mechanik der Gase - Lehre vom Schall - Wärmelehre - Magnetismus - Elektrizität - Geometrische Optik - Wellenoptik u.a.

Thomas Neubert

Physik 11. Klasse

Nachhilfebuch mit Lösungen
104 Seiten

Bestell-Nr. 0684-X

Dieses Buch basiert auf den neuesten Lehrplänen **Physik 11. Klasse** der Bundesländer.
Jeder behandelte Abschnitt ist in einen Grundlagenteil und einen Aufgabenteil mit vollständigen Lösungen aufgeteilt.
Dieser Band knüpft lückenlos an dem im **Physik-Gerüst Sekundarstufe I** behandelten Stoff an.

Friedrich Nikol

Physik I

Fragen mit Antworten aus dem Lehrstoff der Sekundarstufe I mit Prüfungsfragen und Lösungen.

100 Seiten

Bestell.-Nr. 0639-4

Dieses Buch soll eine Lücke füllen auf dem Gebiet der Physikvorbereitung. Häufig auftauchende Fragen aus Mechanik, Wärmelehre, Optik, Magnetismus, Elektrizität im Physikunterricht werden leicht verständlich beantwortet.
Ein Band zur Vorbereitung auf Abschlußprüfungen!

Adolf Busch

Glückwunschbuch

15. Auflage
104 Seiten - Illustriert

Bestell-Nr. 0510-X

Glückwunschgedichte für alle Gelegenheiten nebst einem Anhang: Gedenk- und Glückwunschgedichte deutscher Dichter.
Geburtstags-, Namenstagswünsche - Weihnachtswünsche - Neujahrswünsche - Hochzeitswünsche - Gästebuch- und Poesie-Album - Verse - Zum Richtfest - Gedenk- und Glückwunschgedichte deutscher Dichter.

Helmut A. Köhler

Verse und Aphorismen für das Gästebuch

104 Seiten, 12 Illustrationen

Bestell-Nr. 0630-0

Inhalt: Vorwort: Gäste, Bücher, Gästebücher ...
Verse und Aphorismen:
I. Von der Kunst, mit vielen Worten nichts in ein Gästebuch einzutragen.
II. Zum Einzug ins eigene Haus oder in die neue Wohnung.
III. Was man in die Gästebücher von Stammlokalen schreibt.
IV. Aus dem Repertoire eines Partybesuchers.
V. Individuelles für das Gästebuch:
Zu Gast bei ...
VI. Und was man sonst noch in das Gästebuch schreiben kann ...

C. Bange Verlag · D-8607 Hollfeld/Ofr.

☎ 0 92 74 - 3 72 – FAX 0 92 74 - 8 02 30